編輯説明

自上世紀九十年代始，我社陸續編輯出版一套綫裝本中華傳統文化普及讀物，名爲《文華叢書》。編者孜孜矻矻，兀兀窮年，歷經二十載，聚爲上百種，集腋成裘，蔚爲可觀。叢書以内容經典、形式古雅、編校精審，深受讀者歡迎，不少品種已不斷重印，常銷常新。

國學經典，百讀不厭，其中藴含的生活情趣、生命哲理、人生智慧，以及家國情懷、歷史經驗、宇宙真諦，令人回味無窮，啓迪至深。爲了方便讀者閱讀國學原典，更廣泛地普及傳統文化，特于《文華叢書》基礎上，重加編輯，推出《經典國學讀本》叢書。

本叢書甄選國學之基本典籍，萃精華于一編。以内容言，所選均爲家喻户曉的經典名著，涵蓋經史子集，包羅詩詞文賦、小品蒙書，琳琅滿目；以篇幅言，每種規模不大，或數種彙于一書，便于誦讀；以形式言，採用傳統版式，字大文簡，讀來令人賞心悦目；以編輯言，力求精擇良善版本，細加校勘，注重精讀原文，偶作簡明小注，或酌配古典版畫，體現編輯的匠心。

當下國學典籍的出版方興未艾，品質參差不齊。希望這套我社經年打造的品牌叢書，能爲讀者朋友閱讀經典提供真正的精善讀本。

廣陵書社編輯部

二〇一七年十二月

〔宋〕辛弃疾 著

辛弃疾詞

廣陵書社
中國·揚州

圖書在版編目（CIP）數據

辛弃疾詞 / (宋) 辛弃疾著. -- 揚州 : 廣陵書社,
2019.1(2020.8 重印)
（經典國學讀本）
ISBN 978-7-5554-1167-3

Ⅰ. ①辛… Ⅱ. ①辛… Ⅲ. ①宋詞－選集 Ⅳ.
①I222.844

中國版本圖書館CIP數據核字(2018)第287893號

書　　名　辛弃疾詞
著　　者　〔宋〕辛弃疾
責任編輯　方慧君
出 版 人　曾學文
裝幀設計　鴻儒文軒

出版發行　廣陵書社
揚州市維揚路 349 號　郵編:225009
(0514) 85228081(總編辦)　85228088(發行部)
http://www.yzglpub.com　E-mail:yzglss@163.com
印　　刷　三河市華東印刷有限公司

開　　本　880 毫米×1230 毫米　1/32
印　　張　6.625
字　　數　75 千字
版　　次　2019 年 1 月第 1 版
印　　次　2020 年 8 月第 2 次印刷
書　　號　ISBN 978-7-5554-1167-3
定　　價　35.00 圓

出版説明

辛弃疾（一一四〇—一二〇七），字坦夫，後改字幼安，號稼軒，齊州歷城（今山東濟南）人。出生時，山東已爲金兵所占。他二十一歲參加抗金義軍，不久奉表歸南宋。歷任湖北、江西、湖南、福建、浙東安撫使等職。任職期間，招集流亡，訓練軍隊，獎勵耕戰，打擊貪污豪强，注意安定民生。一生力主抗金，『以氣節自負，以功業自許』（宋·范開《稼軒詞序》），反對妥協投降，以恢復中原爲己任。然其所提出的抗金建議，均未被采納，并遭到主和派的打擊，曾幾度罷官，閑居江西上饒、鉛山一帶十餘年。史稱其『豪爽尚氣節，識拔英俊，所交多海内知名士』（《宋史》卷四〇一本傳）。晚年一度起用，不久病卒。

辛弃疾爲南宋著名愛國詞人。其詞多抒寫力圖恢復國家統一的愛國熱情，傾訴壯志難酬的悲憤，諷刺批判南宋上層統治集團的屈辱投降。同時也有不少閑適抒懷、吟咏河山及懷古寄情之作，題材更爲廣闊，内容十分豐富。辛詞慷慨悲壯，激情飛揚，藝術風格多樣，而以豪放爲主。與蘇軾齊名，并稱『蘇辛』。辛詞還有一個特點，旁徵博引，用典自然，恰到好處。詞評家對辛詞歷來評價極高。宋劉克莊謂：『大聲鏜鞳，小聲鏗鍧，横絶六合，掃空萬古，自有蒼生以來所未見。』清彭孫遹稱：『稼軒之詞，胸有萬卷，筆無點塵，激昂措宕，不可一世。』辛詞現存六百餘首，其數量之富，亦可稱冠絶兩宋。

辛弃疾詞自宋代編爲《稼軒長短句》，一直流傳不絶，版本衆多。現代注本以鄧廣銘先生所著《稼軒詞編年箋注》最爲詳盡精當，影響頗大。

今以此本爲據，精選辛詞名作，并酌加注釋，附録古今詞評家的部分詞評，單評列於詞後，通評附於書末，編爲是書。

廣陵書社編輯部

二〇一八年十一月

目録

漢宮春（春已歸來）……一
滿江紅（家住江南）……二
滿江紅（鵬翼垂空）……三
水調歌頭（千里渥窪種）……五
念奴嬌（我來吊古）……六
滿江紅（快上西樓）……七
念奴嬌（晚風吹雨）……八
青玉案（東風夜放花千樹）……九
聲聲慢（征埃成陣）……一〇
木蘭花慢（老來情味減）……一一
水調歌頭（落日古城角）……一二
一剪梅（獨立蒼茫醉不歸）……一四
新荷葉（人已歸來）……一五
菩薩蠻（青山欲共高人語）……一六
水龍吟（楚天千里清秋）……一七
八聲甘州（把江山好處付公來）……一八
酒泉子（流水無情）……一九
摸魚兒（望飛來半空鷗鷺）……二〇
滿江紅（落日蒼茫）……二二
菩薩蠻（鬱孤臺下清江水）……二三

滿江紅（漢水東流）……二四
霜天曉角（吴頭楚尾）……二五
鷓鴣天（聚散匆匆不偶然）……二六
念奴嬌（野棠花落）……二六
鷓鴣天（撲面征塵去路遥）……二八
鷓鴣天（唱徹《陽關》淚未乾）……二八
水調歌頭（落日塞塵起）……二九
滿江紅（過眼溪山）……三一
南鄉子（欹枕艣聲邊）……三三
南歌子（萬萬千千恨）……三三
臨江仙（住世都知菩薩行）……三四
摸魚兒（更能消幾番風雨）……三五
木蘭花慢（漢中開漢業）……三六
阮郎歸（山前燈火欲黄昏）……三七
滿江紅（敲碎離愁）……三八
滿江紅（風捲庭梧）……三九
賀新郎（柳岸凌波路）……四〇
滿庭芳（急管哀絃）……四一
滿庭芳（柳外尋春）……四三
滿江紅（天與文章）……四四
西河（西江水）……四五
賀新郎（高閣臨江渚）……四六

沁園春（三徑初成）……四七
蝶戀花（老去怕尋年少伴）……四八
祝英臺近（寶釵分）……四九
鷓鴣天（一片歸心擬亂雲）……五〇
鷓鴣天（困不成眠奈夜何）……五一
水調歌頭（帶湖吾甚愛）……五一
水調歌頭（白日射金闕）……五二
蝶戀花（點檢笙歌多釀酒）……五三
六幺令（倒冠一笑）……五四
賀新郎（雲卧衣裳冷）……五五
賀新郎（鳳尾龍香撥）……五六
滿江紅（瘴雨蠻烟）……五七
臨江仙（風雨催春寒食近）……五八
水龍吟（渡江天馬南來）……五九
滿江紅（蜀道登天）……六一
菩薩蠻（錦書誰寄相思語）……六二
千年調（卮酒向人時）……六三
臨江仙（金谷無烟宮樹緑）……六四
一剪梅（憶對中秋丹桂叢）……六五
江神子（剩雲殘日弄陰晴）……六五
醜奴兒（少年不識愁滋味）……六六
采桑子（此生自斷天休問）……六七

醜奴兒近（千峰雲起）……六七
清平樂（柳邊飛鞚）……六八
清平樂（繞床飢鼠）……六八
鷓鴣天（不向長安路上行）……六九
念奴嬌（近來何處有吾愁）……七〇
生查子（溪邊照影行）……七一
蝶戀花（九畹芳菲蘭佩好）……七二
滿江紅（笑拍洪崖）……七二
念奴嬌（對花何似）……七四
鷓鴣天（春入平原薺菜花）……七五
鷓鴣天（枕簟溪堂冷欲秋）……七五
鷓鴣天（着意尋春懶便回）……七六
鷓鴣天（有甚閑愁可皺眉）……七七
清平樂（茅檐低小）……七八
清平樂（連雲松竹）……七八
滿江紅（湖海平生）……七九
洞仙歌（飛流萬壑）……八〇
最高樓（長安道）……八一
西江月（宫粉厭塗嬌額）……八二
八聲甘州（故將軍飲罷夜歸來）……八二
昭君怨（人面不如花面）……八三
臨江仙（鍾鼎山林都是夢）……八三

菩薩蠻（無情最是江頭柳）……八四
蝶戀花（衰草殘陽三萬頃）……八五
滿江紅（塵土西風）……八五
浪淘沙（身世酒杯中）……八六
永遇樂（紫陌長安）……八七
定風波（少日春懷似酒濃）……八八
鷓鴣天（晚日寒鴉一片愁）……八八
鷓鴣天（陌上柔桑破嫩芽）……八九
臨江仙（老去惜花心已懶）……九〇
蝶戀花（誰向椒盤簪綵勝）……九一
滿江紅（莫折荼蘼）……九二
沁園春（老子平生）……九三
賀新郎（把酒長亭説）……九四
賀新郎（老大猶堪説）……九六
賀新郎（細把君詩説）……九七
破陣子（醉裏挑燈看劍）……九八
最高樓（相思苦）……九九
鵲橋仙（松岡避暑）……一〇〇
滿江紅（絶代佳人）……一〇一
御街行（闌干四面山無數）……一〇二
卜算子（修竹翠羅寒）……一〇三
卜算子（紅粉靚梳妝）……一〇三

水調歌頭（日月如磨蟻）……一〇四
定風波（聽我尊前醉後歌）……一〇五
踏莎行（夜月樓臺）……一〇六
鷓鴣天（趁得春風汗漫游）……一〇六
虞美人（群花泣盡朝來露）……一〇七
念奴嬌（倘來軒冕）……一〇八
好事近（和淚唱《陽關》）……一〇九
醉太平（態濃意遠）……一〇九
金菊對芙蓉（遠水生光）……一一〇
水調歌頭（萬事幾時足）……一一一
江神子（暗香橫路雪垂垂）……一一二
水龍吟（倚欄看碧成朱）……一一三
生查子（去年燕子來）……一一三
浣溪沙（未到山前騎馬回）……一一四
西江月（明月別枝驚鵲）……一一四
賀新郎（翠浪吞平野）……一一五
水調歌頭（説與西湖客）……一一六
水調歌頭（長恨復長恨）……一一七
定風波（少日猶堪話別離）……一一九
鷓鴣天（點盡蒼苔色欲空）……一一九
行香子（好雨當春）……一二〇
最高樓（吾衰矣）……一二一

瑞鶴仙（雁霜寒透幙）……一二二
念奴嬌（江南盡處）……一二三
水龍吟（舉頭西北浮雲）……一二三
瑞鶴仙（片帆何太急）……一二五
鷓鴣天（欲上高樓去避愁）……一二六
沁園春（一水西來）……一二六
祝英臺近（水縱横）……一二七
蘭陵王（一丘壑）……一二八
行香子（歸去來兮）……一二九
歸朝歡（山下千林花太俗）……一三〇
沁園春（疊嶂西馳）……一三一
添字浣溪沙（日日閑看燕子飛）……一三二
水調歌頭（我亦卜居者）……一三三
鵲橋仙（風流標格）……一三三
沁園春（杯汝來前）……一三四
臨江仙（手撚黄花無意緒）……一三五
玉樓春（何人半夜推山去）……一三六
玉樓春（風前欲勸春光住）……一三六
玉樓春（三三兩兩誰家女）……一三七
滿江紅（幾個輕鷗）……一三八
清平樂（雲烟草樹）……一三九
鷓鴣天（萬事紛紛一笑中）……一三九

滿庭芳（西崦斜陽）……一四〇
木蘭花慢（可憐今夕月）……一四一
踏莎行（吾道悠悠）……一四二
永遇樂（投老空山）……一四三
鷓鴣天（晚歲躬耕不怨貧）……一四四
鷓鴣天（誰共春光管日華）……一四五
新荷葉（曲水流觴）……一四五
水調歌頭（我志在寥闊）……一四六
水調歌頭（四座且勿語）……一四七
西江月（醉裏且貪歡笑）……一四八
念奴嬌（是誰調護）……一四九
水調歌頭（萬事一杯酒）……一五〇
浣溪沙（花向今朝粉面勻）……一五一
浣溪沙（父老争言雨水勻）……一五一
念奴嬌（龍山何處）……一五二
鵲橋仙（少年風月）……一五二
玉蝴蝶（古道行人來去）……一五三
感皇恩（案上數編書）……一五四
賀新郎（曾與東山約）……一五四
鷓鴣天（壯歲旌旗擁萬夫）……一五五
定風波（百紫千紅過了春）……一五六
粉蝶兒（昨日春如）……一五七

生查子（漫天春雪來）……一五八
水調歌頭（十里深窈窕）……一五八
喜遷鶯（暑風凉月）……一五九
西江月（八萬四千偈後）……一六一
滿江紅（老子平生）……一六一
鷓鴣天（濃紫深黄一畫圖）……一六二
洞仙歌（松關桂嶺）……一六三
賀新郎（甚矣吾衰矣）……一六四
永遇樂（怪底寒梅）……一六五
賀新郎（緑樹聽鵜鴂）……一六六
永遇樂（烈日秋霜）……一六八
西江月（萬事雲烟忽過）……一六八
醜奴兒（鵝湖山下長亭路）……一六九
醜奴兒（年年索盡梅花笑）……一六九
鷓鴣天（山上飛泉萬斛珠）……一七〇
浣溪沙（北隴田高踏水頻）……一七一
漢宫春（秦望山頭）……一七一
漢宫春（亭上秋風）……一七三
滿江紅（紫陌飛塵）……一七四
生查子（悠悠萬世功）……一七四
南鄉子（何處望神州）……一七五
瑞鷓鴣（聲名少日畏人知）……一七六

瑞鷓鴣（膠膠擾擾幾時休）……一七七
永遇樂（千古江山）……一七八
玉樓春（江頭一帶斜陽樹）……一八〇
臨江仙（老去渾身無着處）……一八〇
西江月（堂上謀臣帷幄）……一八一
踏莎行（萱草齊階）……一八二
水調歌頭（客子久不到）……一八二
霜天曉角（雪堂遷客）……一八三
滿江紅（老子當年）……一八四

附録

歷代名家評稼軒詞……一八五

【漢宮春】立春日

春已歸來，看美人頭上，裊裊春幡〔一〕。無端風雨，未肯收盡餘寒。年時燕子，料今宵、夢到西園。渾未辦、黃柑薦酒，更傳青韭堆盤〔二〕。 却笑東風從此，便薰梅染柳，更没些閑。閑時又來鏡裏，轉變朱顏。清愁不斷，問何人、會解連環。生怕見、花開花落，朝來塞雁先還。

注釋：

〔一〕春幡：俗以立春日剪裁小幡，懸於人頭上，或綴於花枝下。

〔二〕堆盤：俗於立春日作五辛盤，以黃柑釀酒。韭即五辛之一。

詞評：

清・周濟《宋四家詞選》：『春幡』九字，情景已極不堪。燕子猶記年時好夢，黃柑青韭，極寫燕安酖毒。換頭又提動黨禍，結用雁與燕激射，却捎帶五國城舊恨。辛詞之怨，未有甚於此者。

俞陛雲《唐五代兩宋詞選釋》：上闋鋪叙立春而已。轉頭處向東風調笑，已屬妙語。更云人盼春來，我愁春至，因其暗換韶光，老却多少朱顏翠鬢，語尤雋妙。然則歲歲之花開花落，春固徒忙，人亦徒增惆悵耳。

【满江红】暮春

家住江南，又過了、清明寒食。花徑裏、一番風雨，一番狼籍。紅粉暗隨流水去，園林漸覺清陰密。算年年、落盡刺桐花，寒無力。庭院静，空相憶。無説處，閑愁極。怕流鶯乳燕，得知消息。尺素〔一〕如今何處也，綵雲依舊無蹤迹。謾教人、羞去上層樓，平蕪碧。

注釋：

〔一〕尺素：尺許的絹帛，代指書信。古詩《飲馬長城窟行》：「客從遠方來，遺我雙鯉魚。呼童烹鯉魚，中有尺素書。」

詞評：

清・陳廷焯《雲韶集》卷五：亦流宕，亦沉切。

【滿江紅】建康史帥致道〔一〕席上賦

鵬翼垂空，笑人世、蒼然無物。又還向、九重深處，玉階山立。袖裏珍奇光五色，他年要補天西北。且歸來、談笑護長江，波澄碧。佳麗地，文章伯。《金縷》唱，紅牙〔二〕拍。看尊前飛下，日邊消息。料想寶香黄閣〔三〕夢，依然畫舫青溪笛。待如今、端的約鍾山，長相識。

注釋：

〔一〕史致道：史正志，字致道，揚州人。乾道中知建康府，兼建康行宫留守。

〔二〕紅牙：調節樂曲板眼的拍板，色紅，故名。

〔三〕黄閣：漢代丞相官署避用朱門，廳門塗黄色，以别於天子，稱爲黄閣。

詞評：

陳廷焯《雲韶集》卷五：幼安《滿江紅》《水調歌頭》諸闋，俱能獨辟機杼，極沉着痛快之致。

【水調歌頭】壽趙漕介庵〔一〕

千里渥窪〔二〕種，名動帝王家。金鑾當日奏草，落筆萬龍蛇。帶得無邊春下，等待江山都老，教看鬢方鴉。莫管錢留地，且擬醉黄花。　喚雙成，歌弄玉，舞緑華。〔三〕一觴爲飲千歲，江海吸流霞。聞道清都帝所，要挽銀河仙浪，西北洗胡沙。回首日邊去，雲裏認飛車。

注釋：

〔一〕趙介庵：趙德莊，號介庵，宋宗室，時任江南東路轉運副使。

〔二〕渥窪：水名，漢代以産良馬聞名。後喻稱天馬、神駒。

〔三〕雙成、弄玉、緑華：均爲傳説中能歌善舞的仙女。

【念奴嬌】登建康賞心亭〔一〕，呈史留守致道。

我來吊古，上危樓贏得、閑愁千斛〔二〕。虎踞龍蟠何處是？只有興亡滿目。柳外斜陽，水邊歸鳥，隴上吹喬木。片帆西去，一聲誰噴霜竹？　却憶安石風流，東山〔三〕歲晚，淚落哀箏曲。兒輩功名都付與，長日惟消棋局。寶鏡難尋，碧雲將暮，誰勸杯中緑？江頭風怒，朝來波浪翻屋。

注釋：

〔一〕賞心亭：金陵名勝，宋丁謂始建，位於建康下水門城上。

〔二〕斛（音胡）：古以十斗爲一斛。

〔三〕安石、東山：東晋謝安字安石，四十一歲前寓居會稽（今浙江紹興），高卧東山，放情山水。後出仕，成一代名將功臣。

詞評：

陳廷焯《詞則・放歌集》卷一：老辣。

【滿江紅】中秋寄遠

快上西樓，怕天放、浮雲遮月。但喚取、玉纖橫管，一聲吹裂。誰做冰壺〔一〕涼世界，最憐玉斧修時節。問姮娥、孤令有愁無，應華髮。雲液〔二〕滿，瓊杯滑。長袖舞，清歌咽。嘆十常八九，欲磨還缺。但願長圓如此夜，人情未必看承別。把從前、離恨總成歡，歸時說。

注釋：

〔一〕冰壺：盛冰的玉壺。比喻純净。〔二〕雲液：指酒。

【念奴嬌】西湖和人韵

晚風吹雨，戰新荷聲亂，明珠蒼璧。誰把香奩收寶鏡，雲錦周遭紅碧。飛鳥翻空，游魚吹浪，慣趁笙歌席。坐中豪氣，看君一飲千石。遥想處士〔一〕風流，鶴隨人去，已作飛仙伯。茆舍疏籬今在否，松竹已非疇昔。欲説當年，望湖樓〔二〕下，水與雲寬窄。醉中休問，斷腸桃葉〔三〕消息。

注釋：

〔一〕處士：指宋林逋，隱居西湖，結廬孤山，植梅養鶴，號西湖處士。

〔二〕望湖樓：一名看經樓，位于斷橋東，傍湖而建，爲西湖名勝。

〔三〕桃葉：晉王獻之愛妾名。常往來于秦淮河兩岸，獻之爲作《桃葉歌》。

詞評：

明·潘游龍《古今詩餘醉》卷十一：奇險灝瀚之致，筆舌間足以副之。

【青玉案】元夕

東風夜放花千樹。更吹落、星如雨。寶馬雕車香滿路。鳳簫聲動，玉壺光轉，一夜魚龍舞。　蛾兒雪柳〔一〕黄金縷，笑語盈盈暗香去。衆裏尋他千百度，驀然迴首，那人却在、燈火闌珊〔二〕處。

注釋：

〔一〕蛾兒、雪柳：謂婦人頭上妝飾。　〔二〕闌珊：衰落之意。

詞評：

王國維《人間詞話》：古今之成大事業、大學問者，必經過三種之境界：……『衆裏尋他千百度，驀然回首，那人却在、燈火闌珊處。』此等語皆大詞人不能道。

梁啓超《藝蘅館詞選》：自憐幽獨，傷心人別有懷抱。

【聲聲慢】滁州旅次登奠枕樓作，和李清宇韻。

征埃成陣，行客相逢，都道幻出層樓。指點簷牙高處，浪涌雲浮。今年太平萬里，罷長淮千騎臨秋。憑欄望，有東南佳氣，西北神州。千古懷嵩〔一〕人去，還笑我、身在楚尾吴頭。看取弓刀，陌上車馬如流。從今賞心樂事，剩安排、酒令詩籌。華胥〔二〕夢，願年年、人似舊游。

注釋：

〔一〕懷嵩：唐李德裕貶滁州，作懷嵩樓，取懷歸嵩洛之意，後果如願以償。

〔二〕華胥：寓言中的理想國。《列子》載：黄帝晝寢，夢游華胥國，見國泰民康。

【木蘭花慢】滁州送范倅〔一〕

老來情味減，對别酒、怯流年。況屈指中秋，十分好月，不照人圓。無情水、都不管，共西風、只管送歸船。秋晚蒓鱸江上，夜深兒女燈前。

征衫，便好去朝天。玉殿正思賢。想夜半承明，留教視草，却遣籌邊。長安故人問我，道愁腸殢酒〔二〕只依然。目斷秋霄落雁，醉來時響空弦。

注釋：

〔一〕范倅：范昂，任滁州通判，輔助稼軒。倅（音萃）：副職。

〔二〕殢酒：沉溺於酒。殢（音惕）：困擾；糾纏。

詞評：

陳廷焯《雲韶集》卷五：此稼翁晚年筆墨，不必十分經營，只信手寫去，如聞餓虎吼嘯之聲，古今詞人焉得不望而卻步？

【水調歌頭】

落日古城角，把酒勸君留。長安路遠，何事風雪敝貂裘〔一〕。散盡黃金身世，不管秦樓人怨，歸計狎沙鷗。明夜扁舟去，和月載離愁。功名事，身未老，幾時休。詩書萬卷，致身須到古伊周〔二〕。莫學班超投筆，縱得封侯萬里，憔悴老邊州。何處依劉客，寂寞賦《登樓》〔三〕。

注釋：

〔一〕敝貂裘：戰國時蘇秦始游説秦惠王，十上書而不獲用，以致『黑貂之裘敝，黄金十斤盡』。

〔二〕伊周：指商、周名相伊尹、周公旦。

〔三〕賦《登樓》：東漢末，王粲客居荆州，富才華却不爲劉表所用，登江陵城樓而作此賦。

【一剪梅】游蔣山〔一〕，呈葉丞相〔二〕。

獨立蒼茫醉不歸。日暮天寒，歸去來兮。探梅踏雪幾何時，今我來思，楊柳依依。　白石岡頭曲岸西。一片閑愁，芳草萋萋。多情山鳥不須啼，桃李無言，下自成蹊。

注釋：

〔一〕蔣山：即鍾山，三國吴時因避孫權祖父孫鍾名諱改名，以紀念秣陵縣尉蔣子文。

〔二〕葉丞相：即葉衡，字夢錫，官至右丞相。

【新荷葉】和趙德莊韻

人已歸來，杜鵑欲勸誰歸？綠樹如雲，等閑付與鶯飛。兔葵燕麥〔一〕，問劉郎幾度沾衣。翠屏幽夢，覺來水繞山圍。有酒重携，小園隨意芳菲。往日繁華，而今物是人非。春風半面，記當年、初識崔徽〔二〕。南雲雁少，錦書無個因依。

注釋：

〔一〕兔葵燕麥：形容景象荒凉。語出唐劉禹錫《再游玄都觀序》：『重游玄都，蕩然無復一樹，唯兔葵燕麥動摇於春風耳。』

〔二〕崔徽：唐歌姬名。與裴敬中相戀。後抑鬱而卒。元稹爲作《崔徽歌》。

詞評：

周濟《宋四家詞選》：以閑居反映朝局，一語便透。

【菩薩蠻】金陵賞心亭爲葉丞相賦

青山欲共高人語，聯翩萬馬來無數。烟雨却低回，望來終不來。人言頭上髮，總向愁中白。拍手笑沙鷗，一身都是愁。

詞評：

明·卓人月《古今詞統》卷五：趣語解頤。

【水龍吟】登建康賞心亭

楚天千里清秋，水隨天去秋無際。遥岑遠目，獻愁供恨，玉簪螺髻。落日樓頭，斷鴻聲裏，江南游子。把吴鈎〔一〕看了，欄干拍遍，無人會，登臨意。休説鱸魚堪膾，儘西風，季鷹〔二〕歸未？求田問舍，怕應羞見，劉郎才氣。可惜流年，憂愁風雨，樹猶如此。倩何人、唤取紅巾翠袖，搵英雄淚。

注釋：

〔一〕吴鈎：吴國鑄造的寶刀。泛指刀劍。

〔二〕季鷹：張翰字季鷹，晋朝人，爲官洛陽，見秋風起，因思家鄉吴中美味鱸魚，遂弃官返鄉。

詞評：

陳廷焯《白雨齋詞話》卷六：落落數語，不數王粲《登樓賦》。

陳洵《海綃詞説》：稼軒縱橫豪宕，而筆筆能留，字字有脉絡如此。學者苟能於此求，則清真、稼軒、夢窗，三家實一家；若徒視爲真率，則失此賢矣。

【八聲甘州】壽建康帥胡長文〔一〕給事。時方閲《折紅梅》之舞，且有錫帶之寵。

把江山好處付公來，金陵帝王州。想今年燕子，依然認得，王謝風流。只用平時尊俎，彈壓萬貔貅〔二〕。依舊鈞天夢，玉殿東頭。看取黄金横帶，是明年準擬，丞相封侯。有《紅梅》新唱，香陣卷温柔。且畫堂、通宵一醉，待從今、更數八千秋。公知否？邦人香火，夜半纔收。

注釋：

〔一〕胡長文：胡元質，字長文。時任建康留守。

〔二〕貔貅（音皮休）：傳説中的猛獸名。比喻勇猛的將士。

【酒泉子】

流水無情，潮到空城頭盡白。離歌一曲怨殘陽，斷人腸。　東風官柳舞雕墻。三十六宮花濺淚，春聲何處説興亡。燕雙雙。

詞評：

陳廷焯《雲韶集》卷五：悲而壯，閱者誰不變色？無窮感喟，似老杜悲歌之作。

陳廷焯《詞則·放歌集》卷一：不必叫囂，自然雄杰。此是真力量，古今一人而已。

【摸魚兒】觀潮上葉丞相

望飛來半空鷗鷺，須臾動地鼙鼓。截江組練[一]驅山去，鏖戰未收貔虎[二]。朝又暮。誚慣得、吴兒不怕蛟龍怒。風波平步。看紅旆驚飛，跳魚直上，蹙踏浪花舞。　憑誰問，萬里長鯨吞吐。人間兒戲千弩。滔天力倦知何事，白馬素車東去。堪恨處。人道是、屬鏤[三]怨憤終千古。功名自誤。謾教得陶朱[四]，五湖西子，一舸弄烟雨。

注釋：

[一]組練：『組甲披練』之簡稱，分别指軍士的兩種衣甲。泛指軍容整肅。語出

《左傳·襄公三年》：『使鄧寥率組甲三百，被練三千以侵吴。』

〔二〕貔虎：比喻勇士。貔（音皮）：一種猛獸。

〔三〕屬鏤：春秋時吴王夫差的寶劍，後賜予伍子胥，命其自裁。不久，吴爲越所滅。

〔四〕陶朱：范蠡助越滅吴後，爲避禍，攜珠寶浮海北去，定居於陶（今山東定陶），經商致富，自稱陶朱公。

詞評：

俞陛雲《唐五代兩宋詞選釋》：前半叙述觀潮，未風警動。下闋筆勢縱横，借江潮往事爲喻。錢王射弩，固屬雄誇，即前胥後種，泄怒銀濤，亦功名自誤，不若范大夫知機，掉頭烟霧也。

【滿江紅】 贛州席上呈太守陳季陵〔一〕侍郎

落日蒼茫，風纔定、片帆無力。還記得、眉來眼去，水光山色。倦客不知身遠近，佳人已卜歸消息。便歸來、只是賦行雲〔二〕，襄王客。　些個事，如何得。知有恨，休重憶。但楚天特地，暮雲凝碧。過眼不如人意事，十常八九今頭白。笑江州司馬太多情，青衫濕。

注釋：

〔一〕陳季陵：陳天麟，字季陵，宣城人。時知贛州。

〔二〕賦行雲：楚襄王與宋玉游雲夢，宋玉作《高唐賦》，序中有高唐神女『旦爲行雲，暮爲行雨』之語。

【菩薩蠻】書江西造口壁

鬱孤臺〔一〕下清江〔二〕水，中間多少行人淚。西北望長安，可憐無數山。青山遮不住，畢竟東流去。江晚正愁余，山深聞鷓鴣〔三〕。

注釋：

〔一〕鬱孤臺：在今江西贛州西北。鬱孤：謂鬱然孤峙。

〔二〕清江：江西袁江與贛江合流處，舊稱清江。此指贛江。

〔三〕聞鷓鴣：傳説鷓鴣南飛不北往，且鳴聲凄切。此喻恢復無望。

詞評：

卓人月《古今詞統》：忠憤之氣，拂拂指端。

陳廷焯《白雨齋詞話》：用意用筆，洗脱温、韋殆盡。然大旨正見吻合。

【滿江紅】

漢水東流，都洗盡、髭胡膏血。人盡說、君家飛將，舊時英烈。破敵金城雷過耳，談兵玉帳冰生頰。想王郎〔一〕、結髮賦從戎，傳遺業。腰間劍，聊彈鋏〔二〕。尊中酒，堪爲別。况故人新擁，漢壇旌節。馬革裹尸當自誓，蛾眉伐性休重說。但從今、記取楚樓風，裴臺月。

注釋：

〔一〕王郎：曹操征漢中張魯，侍中王粲爲作《從軍詩》五首，以美其事。

〔二〕彈鋏：敲擊劍柄。《戰國策·齊策四》載，齊人馮諼爲孟嘗君門客，初不見重用，三次彈鋏作歌，以示不滿。比喻處境窘困而欲有所作爲。

【霜天曉角】旅興

吴頭楚尾〔一〕，一棹人千里。休説舊愁新恨，長亭樹、今如此。宦游吾倦矣，玉人留我醉。明日落花寒食，得且住、爲佳耳。

注釋：

〔一〕吴頭楚尾：謂吴、楚交界之地。《方輿勝覽》：『豫章之地爲楚尾吴頭。』

詞評：

明·楊慎《詞品》卷一：『天氣殊未佳，汝定成行否？寒食近，且住爲佳耳。』此晋無名氏帖中語也。辛稼軒融化作《霜天曉角》詞。……晋人語本入妙，而詞又融化之如此，可謂珠璧相照矣。

【鷓鴣天】離豫章，别司馬漢章〔一〕大監。

聚散匆匆不偶然，二年歷遍楚山川。但將痛飲酬風月，莫放離歌入管絃。　縈緑帶，點青錢。東湖春水碧連天。明朝放我東歸去，後夜相思月滿船。

注釋：

〔一〕司馬漢章：司馬倬字漢章，任江南東路提點刑獄，又稱『監』或『大監』。

【念奴嬌】書東流〔一〕村壁

野棠花落，又匆匆過了，清明時節。刬地〔二〕東風欺客夢，一夜雲屏寒怯。曲岸持觴，垂楊繫馬，此地曾輕別。樓空人去，舊游飛燕能説。聞道綺陌東頭，行人曾見，簾底纖纖月。舊恨春江流不斷，新恨雲山千疊。料得明朝，尊前重見，鏡裏花難折。也應驚問：近來多少華髮！

注釋：

〔一〕東流：舊縣名，在今安徽池州。

〔二〕刬（音闡）地：宋元詞曲用語，意爲無端。

詞評：

陳廷焯《白雨齋詞話》卷六：悲而壯，是陳其年之祖。『舊恨』二語，矯首高歌，淋漓悲壯。

清·譚獻《譚評詞辨》：大踏步出來，與眉山异曲同工。然東坡是衣冠偉人，稼軒則弓刀游俠。『樓空』二句，可識其清新俊逸兼之故實。

【鷓鴣天】代人賦

撲面征塵去路遥，香篝漸覺水沉銷。山無重數周遭碧，花不知名分外嬌。人歷歷，馬蕭蕭。旌旗又過小紅橋。愁邊剩有相思句，摇斷吟鞭碧玉梢。

詞評：

陳廷焯《詞則·放歌集》卷一：信手拈來，自饒姿態。幼安小令諸篇，別有千古。

【鷓鴣天】送人

唱徹《陽關》淚未乾，功名餘事且加餐。浮天水送無窮樹，帶雨雲埋一半山。今古恨，幾千般。只應離合是悲歡。江頭未是風波惡，別有人間行路難。

詞評：

俞陛雲《唐五代兩宋詞選釋》：此闋寫景而兼感懷，江樹盡隨天遠。好山則半被雲埋。人生欲望，安有滿足之時，況世途艱險，過於太行、孟門，江間波浪，未極其險也。

【水調歌頭】舟次揚州，和人韻。

落日塞塵起，胡騎獵清秋。漢家組練十萬，列艦聳高樓。誰道投鞭〔一〕飛渡〔二〕，憶昔鳴髇〔三〕血污，風雨佛狸〔四〕愁。季子〔五〕正年少，匹馬黑貂裘。　今老矣，搔白首，過揚州。倦游欲去江上，手種橘千頭。二客東南名勝，萬卷詩書事業，嘗試與君謀。莫射南山虎，直覓富民侯〔六〕。

注釋：

〔一〕投鞭：《晉書·苻堅載記》：『以吾之衆旅，投鞭於江，足斷其流。』形容兵勢强大。

〔二〕飛渡：《晉書·杜預傳》載，杜預遣兵泛舟夜渡，吴將孫歆震恐，曰：『北來諸軍乃飛渡江也。』

〔三〕鳴髇（音蕭）：響箭。《漢書·匈奴傳上》：『冒頓乃作鳴鏑。』喻戰亂。

〔四〕佛狸：北魏太武帝拓跋燾，字佛狸，曾率軍南侵至長江北岸。

〔五〕季子：蘇秦字季子，戰國縱横家。曾攜黑貂之裘及黄金等入秦游説。

〔六〕富民侯：漢武帝連年征戰，海内虚耗。後乃封丞相車千秋爲富民侯，以示富民休養。

詞評：

陳廷焯《雲韶集》卷五：筆力高絶，落地有聲，字字警絶，筆致疏散，而氣甚遒煉，結筆有力如虎。

【滿江紅】江行，簡楊濟翁〔一〕、周顯先。

過眼溪山，怪都似、舊時曾識。是夢裏、尋常行遍，江南江北。佳處徑須携杖去，能消幾緉平生屐。笑塵埃、三十九年非，長爲客。吴楚地，東南坼〔二〕。英雄事，曹劉敵。被西風吹盡，了無陳迹。樓觀才成人已去，〔三〕旌旗未捲頭先白。嘆人間、哀樂轉相尋，今猶昔。

注釋：

〔一〕楊濟翁：名炎正，字濟翁，吉水人。

〔二〕坼（音徹）：分裂。此句化用杜甫《登岳陽樓》詩「吳楚東南坼」句。

〔三〕「樓觀」句：用蘇軾詩「樓成君已去，人事固多乖」意，謂吳國基業才成而孫權已遽離人世。

詞評：

卓人月《古今詞統》卷十二：長使英雄淚滿襟。

陳廷焯《詞則·放歌集》卷一：悲壯蒼涼，却不粗濁。改之、放翁輩終身求之不得也。

俞陛雲《唐五代兩宋詞選釋》：下闋非特俯仰興亡，即尋常之丹艧未竟，已鍾鼓全非者，不知凡幾，真閱世之談。「今猶昔」三字尤雋。後之感今，猶今之感昔耳。

【南鄉子】舟行記夢

欹枕艣聲邊，貪聽咿啞聒醉眠。夢裏笙歌花底去，依然，翠袖盈盈在眼前。別後兩眉尖，欲説還休夢已闌。只記埋冤〔一〕前夜月，相看，不管人愁獨自圓。

注釋：

〔一〕埋冤：即埋怨。

【南歌子】

萬萬千千恨，前前後後山。傍人道我轎兒寬，不道被他遮得望伊難。今夜江頭樹，船兒繫那邊。知他熱後甚時眠，萬萬不成眠後有誰扇？

【臨江仙】爲岳母壽

住世都知菩薩行，仙家風骨精神。壽如山岳福如雲。金花湯沐誥〔一〕，竹馬綺羅群。更願升平添喜事，大家禱祝殷勤。明年此地慶佳辰。一杯千歲酒，重拜太夫人。

注釋：

〔一〕金花湯沐誥：謂封賞。蘇軾《送程建用》詩：『會看金花誥，湯沐奉朝請。』

【摸魚兒】淳熙己亥，自湖北漕移湖南，同官王正之置酒小山亭，爲賦。

更能消、幾番風雨，匆匆春又歸去。惜春長怕花開早，何況落紅無數。春且住。見説道，天涯芳草無歸路。怨春不語。算只有殷勤，畫檐蛛網，盡日惹飛絮。　長門事[一]，準擬佳期又誤。蛾眉曾有人妒。千金縱買相如賦，脉脉此情誰訴？君莫舞。君不見，玉環、飛燕皆塵土！閑愁最苦。休去倚危欄，斜陽正在，烟柳斷腸處。

注釋：

〔一〕長門事：漢武帝陳皇后失寵，居長門宫，愁悶悲思。後酬千金使司馬相如爲作《長門賦》，復得親幸。

詞評：

陳廷焯《白雨齋詞話》：詞意殊怨，然姿態飛動，極沉鬱頓挫之致。起句『更能消』三字，是從千回萬轉後倒折出來，真是有力如虎。

譚獻《譚評詞辨》：權奇倜儻，純用太白樂府詩法。『見説道』句是開，『君不見』句是合。

梁啓超《藝蘅館詞選》：迴腸蕩氣，至於此極。前無古人，後無來者。

【木蘭花慢】席上送張仲固〔一〕帥興元

漢中開漢業，問此地、是耶非？想劍指三秦，君王得意，一戰東歸。追亡事〔二〕、今不見，但山川滿目淚沾衣。落日胡塵未斷，西風塞馬空肥。一編書是帝王師，小試去征西。更草草離筵，匆匆去路，愁滿旌旗。君思我、回首處，正江涵秋影雁初飛。安得車輪四角，不堪帶減腰圍。

注釋：

〔一〕張仲固：張堅字仲固，時知興元府。

〔二〕追亡事：謂漢丞相蕭何追韓信事。

【阮郎歸】 耒陽道中爲張處父推官賦

山前燈火欲黄昏。山頭來去雲。鷓鴣聲裏數家村。瀟湘逢故人。揮羽扇，整綸巾〔一〕。少年鞍馬塵。如今憔悴賦《招魂》。儒冠多誤身。

注釋：

〔二〕綸（音官）巾：古以青絲帶製作的頭巾。因諸葛亮常服綸巾、執羽扇，指揮軍事，亦稱諸葛巾。

【滿江紅】暮春

敲碎離愁，紗窗外、風摇翠竹。人去後、吹簫聲斷，倚樓人獨。滿眼不堪三月暮，舉頭已覺千山緑。但試將、一紙寄來書，從頭讀。相思字，空盈幅。相思意，何時足。滴羅襟點點，淚珠盈掬。芳草不迷行客路，垂楊只礙離人目。最苦是、立盡月黄昏，欄干曲。

詞評：

陳廷焯《雲韶集》卷五：起筆精湛。情致楚楚，那弗動心。低徊宛轉，一往情深，非秦、柳所能及。

【滿江紅】 暮春 其二

風捲庭梧，黃葉墜、新涼如洗。一笑折秋英同賞，弄香挼〔一〕蕊。天遠難窮休久望，樓高欲下還重倚。拼一襟寂寞淚彈秋，無人會。今古恨，沉荒壘。悲歡事，隨流水。想登樓，青鬢未堪憔悴。極目烟横山數點，孤舟月淡人千里。對嬋娟、從此話離愁，金尊裏。

注釋：

〔一〕挼：揉搓；按摩。

【賀新郎】

柳岸淩波路。送春歸、猛風暴雨，一番新緑。千里瀟湘葡萄〔一〕漲，人解扁舟欲去。又檣燕留人相語。艇子飛來生塵步，唾花寒、唱我新番句。波似箭，催鳴櫓。黄陵祠〔二〕下山無數。聽湘娥泠泠曲罷，爲誰情苦。行到東吴春已暮，正江闊潮平穩渡。望金雀觚稜〔三〕翔舞。前度劉郎今重到，問玄都千樹花存否？愁爲倩，么絃〔四〕訴。

注釋：

〔一〕葡萄：形容水色碧緑。

〔二〕黄陵祠：即湘妃祠，在湖南湘陰縣北四十五里黄陵山上，祀舜帝二妃娥皇、女英。

〔三〕觚（音沽）棱：宮闕上的飛檐。

〔四〕么絃：琵琶的第四根絃，因最細，故稱么絃。

詞評：

陳廷焯《雲韶集》卷五：筆態恣肆，是幼安本色。字字有氣魄，卓不可及。閑處亦不乏姿態，情景都絕。

【滿庭芳】和洪丞相景伯〔一〕韵，呈景盧〔二〕内翰。

急管哀絃，長歌慢舞，連娟〔三〕十樣宮眉〔四〕。不堪紅紫，風雨曉來稀。惟有楊花飛絮，依舊是、萍滿方池。酴醿在，青虬快剪，插遍古銅彝。誰將春色去？鸞膠難覓，絃斷朱絲。恨牡丹多病，也費醫治。夢裹尋春不見，空腸斷、怎得春知？休惆悵，一觴一咏，須刻右軍碑。

注釋：

〔一〕洪丞相景伯：洪適字景伯，官至尚書右僕射、同中書門下平章事，文名甚著。

〔二〕景盧：洪邁字景盧，洪適弟，官居中書舍人。

〔三〕連娟：彎曲而纖細。司馬相如《上林賦》：「長眉連娟，微睇綿藐。」

〔四〕十樣宫眉：據《海録碎事》載，唐玄宗令畫工畫《十眉圖》，分别爲：鴛鴦眉、小山眉、五岳眉、三峰眉、垂珠眉、月稜眉、分稍眉、涵烟眉、拂雲眉、倒暈眉。

詞評：

卓人月《古今詞統》卷十二：醫花妙。既有養花天，不可無醫花手。

【滿庭芳】游豫章東湖再用韵

柳外尋春，花邊得句，怪公喜氣軒眉。《陽春白雪》，清唱古今稀。曾是金鑾舊客，記鳳凰獨遶天池。揮毫罷，天顔有喜，催賜尚方彝。公在詞掖，嘗拜尚方寶彝之賜。　只今江海上，鈞天夢覺，清淚如絲。算除非痛把、酒療花治。明日五湖佳興，扁舟去、一笑誰知。溪堂〔一〕好，且拼一醉，倚杖讀韓碑。堂記公所製。

注釋：

〔一〕溪堂：唐韓愈有《鄆州溪堂詩并序》，後刻成碑。此蓋指司馬漢章之山雨樓及《記》。

【滿江紅】席間和洪景盧舍人，兼簡司馬漢章大監。

天與文章，看萬斛龍文筆力。聞道是、一詩曾換，千金顏色。欲說又休新意思，强啼偷笑真消息。算人人合與共乘鸞〔一〕，鑾坡客〔二〕。　傾國艷，難再得。還可恨，還堪憶。看書尋舊錦，衫裁新碧。鶯蝶一春花裏活，可堪風雨飄紅白。問誰家却有燕歸梁，香泥濕。

注釋：

〔一〕乘鸞：比喻成仙。鸞謂鳳凰。參見《列仙傳》所載秦穆公女弄玉故事。

〔二〕鑾坡客：翰林學士之美稱。鑾坡即金鑾坡，與翰林院相接。

【西河】送錢仲耕〔一〕自江西漕移守婺州

西江水，道似西江人淚。無情却解送行人，月明千里。從今日日倚高樓，傷心烟樹如薺。會君難，别君易。草草不如人意。十年著破綉衣茸，種成桃李。問君可是厭承明，東方鼓吹千騎。對梅花、更消一醉，看明年調鼎風味。老病自憐憔悴。過吾廬定有、幽人相問：歲晚淵明歸來未？

注釋：

〔一〕錢仲耕：錢佃字仲耕，紹興進士。曾任江西路轉運副使，出知婺州。

【賀新郎】賦滕王閣

高閣臨江渚。訪層城、空餘舊迹，黯然懷古。畫棟珠簾當日事，不見朝雲暮雨。但遺意西山南浦。天宇修眉浮新緑，映悠悠潭影長如故。空有恨，奈何許。

王郎〔一〕健筆誇翹楚〔二〕。到如今、落霞孤鶩，競傳佳句。物換星移知幾度，夢想珠歌翠舞。爲徙倚闌干凝佇。目斷平蕪蒼波晚，快江風一瞬澄襟暑。誰共飲？有詩侶。

注釋：

〔一〕王郎：指《滕王閣序》作者王勃。

〔二〕翹楚：突出的林木。比喻杰出的人物。《詩·周南》：『翹翹錯薪，言刈其楚。』楚：荆木。

【沁園春】帶湖[一]新居將成

三徑初成，鶴怨猿驚，稼軒未來。甚雲山自許，平生意氣；衣冠人笑，抵死塵埃。意倦須還，身閑貴早，豈爲蒓羹鱸膾哉。秋江上，看驚弦雁避，駭浪船回。東岡更葺茅齋。好都把軒窗臨水開。要小舟行釣，先應種柳；疏籬護竹，莫礙觀梅。秋菊堪餐，春蘭可佩，留待先生手自栽。沉吟久，怕君恩未許，此意徘徊。

注釋：

〔一〕帶湖：在信州府城北靈山下。

詞評：

陳廷焯《雲韶集》卷五：起筆高絶，灑落如此，真名士也。抑揚頓挫，跌宕生姿，字字幽雅，不減陶令。款款深深，一往不盡。

陳廷焯《詞則·放歌集》卷一：急流勇退之情，以温婉之筆出之，姿態愈饒。

【蝶戀花】和趙景明知縣韵

老去怕尋年少伴。畫棟珠簾，風月無人管。公子看花朱碧亂〔一〕，新詞攪斷相思怨。涼夜愁腸千百轉。一雁西風，錦字何時遣。畢竟啼烏才思短，唤回曉夢天涯遠。

注釋：

〔一〕朱碧亂：形容意緒紛亂。梁王僧孺《夜愁示諸賓》詩：『誰知心眼亂，看朱忽成碧。』

【祝英臺近】晚春

寶釵分，桃葉渡〔一〕，烟柳暗南浦。怕上層樓，十日九風雨。斷腸片片飛紅，都無人管。倩誰喚、流鶯聲住？鬢邊覷。試把花卜心期，才簪又重數。羅帳燈昏，嗚咽夢中語：是他春帶愁來，春歸何處，却不解、將愁歸去。

注釋：

〔一〕桃葉渡：晋王獻之與愛妾桃葉作别處。在秦淮河畔，爲南京名勝。獻之曾作《桃葉歌》三首，其一云：『桃葉復桃葉，渡江不用楫。但渡無所苦，我自迎接汝。』

詞評：

清·沈謙《填詞雜説》：稼軒詞以激揚奮厲爲工，至『寶釵分，桃葉渡』一曲，昵狎温柔，魂銷意盡。才人伎倆，真不可測。

清·張惠言《詞選》：此與德祐太學生二詞用意相似，『點點飛紅』，傷君子之弃；『流鶯』，惡小人得志也；『春帶愁來』，其刺趙、張乎？

【鷓鴣天】

一片歸心擬亂雲，春來諳盡惡黄昏。不堪向晚簷前雨，又待今宵滴夢魂。　爐燼冷，鼎香氛。酒寒誰遣爲重温？何人柳外横雙笛，客耳那堪不忍聞。

【鷓鴣天】

困不成眠奈夜何，情知歸未轉愁多。暗將往事思量遍，誰把多情惱亂他。　些底事，誤人哪。不成真個不思家。嬌癡却妒香香睡，喚起醒鬆説夢些。

【水調歌頭】盟鷗

帶湖吾甚愛，千丈翠奩開。先生杖屨無事，一日走千回。凡我同盟鷗鳥，今日既盟之後，來往莫相猜。白鶴在何處，嘗試與偕來。　破青萍，排翠藻，立蒼苔。窺魚笑汝癡計，不解舉吾杯。廢沼荒丘疇昔，明月清風此夜，人世幾歡哀。東岸緑陰少，楊柳更須栽。

詞評：

卓人月《古今詞統》卷十二：文勝質則史，此妙在文中帶質。

陳廷焯《雲韶集》卷五：此詞一味樸質，真不可及。勝讀鮑明遠《蕪城賦》。結二句，愈直樸，愈有力。

【水調歌頭】湯朝美〔一〕司諫見和，用韵爲謝。

白日射金闕，虎豹九關〔二〕開。見君諫疏頻上，談笑挽天回。千古忠肝義膽，萬里蠻烟瘴雨，往事莫驚猜。政恐不免〔三〕耳，消息日邊來。笑吾廬，門掩草，徑封苔。未應兩手無用，要把蟹螯杯。説劍論詩餘事，醉舞狂歌欲倒，老子頗堪哀。白髮寧有種，一一醒時栽。

注釋：

〔一〕湯朝美：名邦彥，鎮江人。曾任左司諫兼侍讀。

〔二〕虎豹九關：語出屈原《招魂》。此謂把守九重宫門的神獸虎豹。

〔三〕政恐不免：語出《世説新語·排調》。政，同『正』。不免，指不免外出爲官。

【蝶戀花】和楊濟翁韵，首句用丘宗卿〔一〕書中語。

點檢笙歌多釀酒。蝴蝶西園，暖日明花柳。醉倒東風眠永晝，覺來小院重携手。可惜春殘風雨又。收拾情懷，閑把詩僝僽〔二〕。楊柳見人離别後，腰肢近日和他瘦。

注釋：

〔一〕丘宗卿：丘崇字宗卿，曾任江西轉運判官等職。

〔二〕僝僽（音嬋宙）：排遣；折磨；煩惱。

【六幺令】再用前韵

倒冠一笑，華髮玉簪折。《陽關》自來凄斷，却怪歌聲滑。放浪兒童歸舍，莫惱比鄰鴨。水連山接。看君歸興，如醉中醒夢中覺。江上吳儂問我，一一煩君説：坐客尊酒頻空，剩欠真珠〔一〕壓。手把漁竿未穩，長向滄浪學。問愁誰怯。可堪楊柳，先作東風滿城雪。

注釋：

〔二〕真珠：謂酒。

【賀新郎】賦水仙

雲卧衣裳冷。看蕭然、風前月下，水邊幽影。羅襪塵生凌波去，湯沐烟江萬頃。愛一點、嬌黄成暈。不記相逢曾解佩，甚多情、爲我香成陣。待和淚，收殘粉。　靈均〔一〕千古《懷沙》恨。記當時、匆匆忘把，此仙題品。烟雨凄迷僝僽損，翠袂摇摇誰整。謾寫入、瑶琴《幽憤》。絃斷《招魂》無人賦，但金杯的皪銀臺潤。愁殢酒，又獨醒。

注釋：

〔一〕靈均：屈原字靈均。以忠見斥，抑鬱憤懣，作絶命之辭《懷沙》。

【賀新郎】賦琵琶

鳳尾龍香撥。自開元《霓裳》曲罷，幾番風月。最苦潯陽江頭客，畫舸亭亭待發。記出塞、黄雲堆雪。馬上離愁三萬里，望昭陽宫殿孤鴻没。絃解語，恨難説。

遼陽驛使音塵絶。瑣窗寒、輕攏慢捻，淚珠盈睫。推手含情還却手〔一〕，一抹《梁州》哀徹。千古事、雲飛烟滅。賀老〔二〕定場無消息，想沉香亭北繁華歇。彈到此，爲嗚咽。

注釋：

〔一〕推手、却手：琵琶指法。手指前彈曰推手，後撥曰却手。宋歐陽修《明妃曲》：『推手爲琵却爲琶，胡人共聽亦咨嗟。』

〔二〕賀老：唐代藝人賀懷智，開元、天寶間以善彈琵琶著名。

詞評：

明·陳霆《渚山堂詞話》卷二：此篇用事最多，然圓轉流麗，不爲事所使，稱是妙手。

陳廷焯《白雨齋詞話》卷七：此詞運典雖多，却一片感慨，故不嫌堆垛。心中有淚，故筆下無一字不嗚咽，

梁啓超《藝蘅館詞選》丙卷引：琵琶故事，網羅臚列，雜亂無章，殆如一團野草，惟其大氣足以包舉之，故不粗率。非其人，勿學步也。

【滿江紅】送湯朝美司諫自便歸金壇

瘴雨蠻烟，十年夢、尊前休説。春正好，故園桃李，待君花發。兒女燈前和淚拜，鷄豚社裏〔二〕歸時節。看依然舌在齒牙牢，心如鐵。活

國手，封侯骨。騰汗漫〔二〕，排閶闔〔三〕。待十分做了、詩書勛業。當日念君歸去好，而今却恨中年別。笑江頭明月更多情，今宵缺。

注釋：

〔一〕鷄豚社裏：春社日，用鷄和猪祭祀社神（土地神）。

〔二〕汗漫：空泛，無邊。此指太空。

〔三〕閶闔（音昌和）：神話中的天門。

【臨江仙】即席和韓南澗〔一〕韵

風雨催春寒食近，平原一片丹青。溪頭唤渡柳邊行。花飛蝴蝶亂，桑嫩野蠶生。　綠野先生〔二〕閑袖手，却尋詩酒功名。未知明日定陰晴。

今宵成獨醉，却笑衆人醒。

注釋：

〔一〕韓南澗：名元吉，號南澗，官至吏部尚書。

〔二〕緑野先生：即唐代名相裴度。曾築緑野堂，與白居易等悠游其間。

【水龍吟】甲辰歲壽韓南澗尚書

渡江天馬南來，幾人真是經綸手？長安父老，新亭風景，可憐依舊。夷甫〔一〕諸人，神州沉陸，幾曾回首！算平戎萬里，功名本是，真儒事，君知否？况有文章山斗〔二〕。對桐陰、滿庭清晝。當年墮地，而今試看，風雲奔走。緑野風烟，平泉草木，東山〔三〕歌酒。待他年整頓，乾坤事了，爲先生壽。

注釋：

〔一〕夷甫：晋王衍字夷甫，官居宰輔，崇尚玄談，不思抗敵，終至國破身亡。

〔二〕文章山斗：《新唐書·韓愈傳》：『自愈之没，其言大行，學者仰之如泰山北斗。』

〔三〕東山：東晋謝安號東山。嘗寓居會稽，歌酒自娱。

詞評：

楊慎《批點草堂詩餘》：慶壽詞有許多成招，當南渡時作，所謂直抵黄龍府，與諸君痛快飲耳。

明·沈際飛《草堂詩餘正集》卷五：壽今日反言壽他年，蓋欲其竪功立名，與夫功成名遂身退，又寓規諷。

【滿江紅】送李正之〔一〕提刑入蜀

蜀道登天，一杯送、綉衣行客。還自嘆、中年多病，不堪離別。東北看驚諸葛《表》，西南更草相如《檄》〔二〕。把功名收拾付君侯，如椽筆〔三〕。　兒女淚，君休滴。荆楚路，吾能説。要新詩準備，廬山山色。赤壁磯頭千古浪，銅鞮陌〔四〕上三更月。正梅花萬里雪深時，須相憶。

注釋：

〔一〕李正之：李大正字正之，曾任遂昌尉，知南安軍。

〔二〕相如《檄》：指西漢司馬相如之《喻巴蜀檄》。

〔三〕如椽（音船）筆：謂大手筆。語出《晉書·王珣傳》。

〔四〕銅鞮（音低）陌：謂襄陽。蘇軾詩：『恨無襄陽兒，令唱銅鞮曲。』

詞評：

卓人月《古今詞統》卷十二：諸葛《表》與相如《檄》，俱切蜀事。

陳廷焯《詞則·放歌集》卷一：氣魄之大，突過東坡，古今更無敵手。其下筆時，早已目無餘子矣。龍吟虎嘯。

【菩薩蠻】乙巳冬南澗舉似前作，因和之。

錦書誰寄相思語？天邊數遍飛鴻數。一夜夢千回，梅花入夢來。漲痕紛樹髮，霜落沙洲白。心事莫驚鷗，人間千萬愁。

【千年調】 蔗庵〔一〕小閣名曰卮言，作此詞以嘲之。

卮酒向人時，和氣先傾倒。最要然然可可，萬事稱好。滑稽〔二〕坐上，更對鴟夷〔三〕笑。寒與熱，總隨人，甘國老。少年使酒，出口人嫌拗。此個和合道理，近日方曉。學人言語，未會十分巧。看他們，得人憐，秦吉了。

注釋：

〔一〕蔗庵：鄭汝諧，字舜舉，主抗金。知信州（今江西上饒）時，建宅第名蔗庵，又爲其小閣取名卮言。

〔二〕滑（音骨）稽：古代一種斟酒器。

〔三〕鴟（音吃）夷：古代一種皮革製的酒囊。

【臨江仙】

金谷無烟宫樹緑，嫩寒生怕春風。博山微透暖薰籠。小樓春色裏，幽夢雨聲中。别浦鯉魚何日到，錦書封恨重重。海棠花下去年逢。也應隨分瘦，忍淚覓殘紅。

詞評：

陳廷焯《白雨齋詞話》卷一：婉雅芊麗。稼軒亦能爲此種筆路，真令人心折。

俞陛雲《唐五代兩宋詞選釋》：前半一片幽麗之景，以輕筆寫之，而愁人自在其中。下闋始言望遠懷人。歇拍二句自傷耶？抑爲人着想耶？深情秀句，當以紅牙按拍歌之。

【一剪梅】中秋無月

憶對中秋丹桂叢。花在杯中，月在杯中。今宵樓上一尊同。雲濕紗窗，雨濕紗窗。　渾欲乘風問化工。路也難通，信也難通。滿堂唯有燭花紅。杯且從容，歌且從容。

【江神子】和人韵

剩雲殘日弄陰晴。晚山明，小溪横。枝上綿蠻〔一〕，休作斷腸聲。但是青山山下路，春到處，總堪行。　當年綵筆賦《蕪城》。憶平生，若爲情。試把靈槎〔二〕，歸路問君平〔三〕。花底夜深寒較甚，須拼却，玉山傾。

注釋：

〔一〕綿蠻：謂小鳥。語出《詩經·小雅》：『綿蠻黄鳥，止於丘阿。』

〔二〕靈槎：能通往天河的船。槎：木筏。泛指船。

〔三〕君平：即嚴君平，西漢末蜀郡人，道教學者。

【醜奴兒】書博山〔一〕道中壁

少年不識愁滋味，愛上層樓。愛上層樓，爲賦新詞强説愁。而今識盡愁滋味，欲説還休。欲説還休，却道『天凉好個秋』。

注釋：

〔一〕博山：在江西廣豐西南，有博山寺、雨岩諸名勝。

【采桑子】

此生自斷天休問，獨倚危樓。獨倚危樓，不信人間别有愁。君來正是眠時節，君且歸休。君且歸休，説與西風一任秋。

【醜奴兒近】博山道中效李易安體

千峰雲起，驟雨一霎兒價。更遠樹斜陽，風景怎生圖畫。青旗賣酒，山那畔别有人家。只消山水光中，無事過這一夏。午醉醒時，松窗竹户，萬千瀟灑。野鳥飛來，又是一般閑暇。却怪白鷗，覷着人、欲下未下。舊盟都在，新來莫是，别有説話。

【清平樂】博山道中即事

柳邊飛鞚〔一〕，露濕征衣重。宿鷺窺沙影動，應有魚蝦入夢。一川淡月疏星，浣紗人影娉婷〔二〕。笑背行人歸去，門前稚子啼聲。

注釋：

〔一〕鞚：馬勒。〔二〕娉婷：姿态美好。

【清平樂】獨宿博山王氏庵

繞床飢鼠，蝙蝠翻燈舞。屋上松風吹急雨，破紙窗間自語。平生塞北江南，歸來華髮蒼顏。布被秋宵夢覺，眼前萬里江山。

詞評：

陳廷焯《詞則・放歌集》卷一：短調中筆勢飛舞，辟易千人。結尾更悲壯精警。讀稼軒詞，勝讀魏武詩也。

劉永濟《唐五代兩宋詞簡析》：此詞乃辛弃疾罷去江西安撫使任，家居上饒時所作。此詞有『烈士暮年，壯心未已』之概。前半闋從眼前景物，寫出凄寂難堪之境，……後半闋即寫因此種境界而引起之感慨。

【鷓鴣天】博山寺作

不向長安路上行，却教山寺厭逢迎。味無味〔一〕處求吾樂，材不材〔二〕間過此生。寧作我，豈其卿。人間走遍却歸耕。一松一竹真朋友，山鳥山花好弟兄。

注釋：

〔一〕味無味：語出《老子》：『爲無爲，事無事，味無味。』

〔二〕材不材：語出《莊子·山木篇》：『周將處乎材與不材之間。』

詞評：

清·沈雄《古今詞話·詞品》卷上：稼軒詞亦有不堪者，『一松一竹真朋友，山鳥山花好弟兄』是也。

【念奴嬌】賦雨岩，效朱希真體。

近來何處有吾愁，何處還知吾樂。一點凄凉千古意，獨倚西風寥廓。

并竹尋泉，和雲種樹，唤做真閑客。此心閑處，未應長藉邱壑。休説往事皆非，而今云是，且把清尊酌。醉裏不知誰是我，非月非雲非鶴。露冷松梢，風高桂子，醉了還醒却。北窗高卧，莫教啼鳥驚著。

【生查子】獨游雨岩

溪邊照影行，天在清溪底。天上有行雲，人在行雲裏。高歌誰和余？空谷清音起。非鬼亦非仙，一曲桃花水〔一〕。

注釋：

〔一〕桃花水：指桃花盛開時節江河裏暴漲的水。

【蝶戀花】月下醉書雨岩石浪

九畹〔一〕芳菲蘭佩好。空谷無人，自怨蛾眉巧。寶瑟泠泠千古調，朱絲絃斷知音少。冉冉年華吾自老。水滿汀洲，何處尋芳草。喚起湘纍歌未了，石龍舞罷松風曉。

注釋：

〔一〕九畹：田地廣闊。畹（音婉）：古以三十畝（一說十二畝）爲一畹。

【滿江紅】游南岩〔一〕，和范廓之韵。

笑拍洪崖〔二〕，問千丈翠岩誰削？依舊是、西風白馬，北村南郭。似整復斜僧屋亂，欲吞還吐林烟薄。覺人間萬事到秋來，都搖落。　呼斗酒，同君酌。更小隱，尋幽約。且丁寧休負，北山猿鶴。有鹿從渠求鹿夢，非魚定未知魚樂。正仰看、飛鳥却應人，回頭錯。

注釋：

〔一〕南岩：在江西上饒縣治西南十里，有朱子讀書處。

〔二〕洪崖：傳説中的仙人名。郭璞《游仙》詩：『左挹浮丘袖，右拍洪崖肩。』

詞評：

卓人月《古今詞統》卷十二：稼軒作詞，俱似胸中有成竹一揮而就者，不復知協律之苦。

【念奴嬌】賦白牡丹，和范廓之韵。

對花何似？似吴宫初教，翠圍紅陣。欲笑還愁羞不語，惟有傾城嬌韵。翠蓋風流，牙籤名字，舊賞那堪省。天香染露，曉來衣潤誰整？最愛弄玉團酥，就中一朵，曾入揚州咏。華屋金盤人未醒，燕子飛來春盡。最憶當年，沉香亭〔一〕北，無限春風恨。醉中休問，夜深花睡香冷。

注釋：

〔一〕沉香亭：在長安興慶宫内，唐玄宗於此廣植牡丹。李白曾賦《清平樂》詞，中有『解釋春風無限恨，沉香亭北倚闌干』句。

【鷓鴣天】游鵝湖，醉書酒家壁。

春入平原薺菜花，新耕雨後落群鴉。多情白髮春無奈，晚日青簾酒易賒。閑意態，細生涯，牛欄西畔有桑麻。青裙縞袂誰家女，去趁蠶生看外家。

【鷓鴣天】鵝湖歸，病起作。

枕簟溪堂冷欲秋，斷雲依水晚來收。紅蓮相倚渾如醉，白鳥無言定自愁。書咄咄，且休休，一丘一壑也風流。不知筋力衰多少，但覺新來懶上樓。

詞評：

沈際飛《草堂詩餘正集》卷一：生派愁怨與花鳥，却自然。

陳廷焯《白雨齋詞話》卷一：信筆寫去，格調自蒼勁，意味自深厚，不必劍拔弩張，洞穿已過七札，斯爲絶技。

【鷓鴣天】鵝湖歸，病起作。

着意尋春懶便回，何如信步兩三杯。山纔好處行還倦，詩未成時雨早催。　攜竹杖，更芒鞋，朱朱粉粉野蒿開。誰家寒食歸寧女，笑語柔桑陌上來。

詞評：

楊慎《批點草堂詩餘》：絶似唐律，景事俱真。

清·黄蘇《蓼園詩選》：通首總是隨遇而安之意。山縱好而行難盡，詩未成而雨已來，天下事往往如是。豈若隨遇而樂，境愈近而情愈真乎？語意如此，而筆墨入化，故隨手拈來，都成妙諦。

【鷓鴣天】重九席上再賦

有甚閑愁可皺眉，老懷無緒自傷悲。百年旋逐花陰轉，萬事長看鬢髮知。溪上枕，竹間棋，怕尋酒伴懶吟詩。十分筋力誇强健，只比年時病起時。

【清平樂】村居

茅檐低小，溪上青青草。醉裏吴音相媚好，白髮誰家翁媪？大兒鋤豆溪東，中兒正織鷄籠。最喜小兒亡賴〔一〕，溪頭卧剥蓮蓬。

注釋：

〔一〕亡賴：原意爲狡猾。此謂頑皮。

【清平樂】檢校山園，書所見。

連雲松竹，萬事從今足。拄杖東家分社肉，白酒床〔一〕頭初熟。西風梨棗山園，兒童偷把長竿。莫遣旁人驚去，老夫静處閑看。

注釋：

〔一〕床：指糟床，一種榨酒工具。

【滿江紅】送信守鄭舜舉〔一〕被召

湖海平生，算不負、蒼髯如戟。聞道是、君王着意，太平長策。此老〔二〕自當兵十萬，長安正在天西北。便鳳凰飛詔下天來，催歸急。　車馬路，兒童泣；風雨暗，旌旗濕。看野梅官柳，東風消息。莫向蔗庵追語笑，只今松竹無顏色。問人間、誰管别離愁，杯中物。

注釋：

〔一〕鄭舜舉：時爲信州太守，淳熙十三年被召入京。

〔二〕此老：指范仲淹，嘗守延安，有威名，西夏人說：『今小范老子腹中有數萬兵甲。』

【洞仙歌】訪泉於奇師村〔一〕，得周氏泉，爲賦。

飛流萬壑，共千岩争秀。孤負平生弄泉手。嘆輕衫短帽，幾許紅塵。還自喜，濯髮滄浪依舊。

人生行樂耳，身後虚名，何似生前一杯酒。便此地結吾廬，待學淵明，更手種門前五柳。且歸去、父老約重來。問如此青山，定重來否。

注釋：

〔一〕奇師村：在江西鉛山縣，後由稼軒更名期思。

詞評：

陳廷焯《詞則·放歌集》卷一：於蕭散中見筆力。

【最高樓】醉中有索四時歌者，爲賦。

長安道，投老倦游歸。七十古來稀。藕花雨濕前湖夜，桂枝風澹小山時。怎消除？須殢酒，更吟詩。　也莫向、竹邊孤負雪，也莫向、柳邊孤負月。閑過了，總成癡。種花事業無人問，對花情味只天知。笑山中，雲出早，鳥歸遲。

詞評：

沈際飛《草堂詩餘別集》卷三：任達不拘，悠悠蕩蕩，大落便宜。

【西江月】和楊民瞻賦牡丹韵

宫粉厭塗嬌額，濃妝要壓秋花。西真人醉憶仙家，飛佩丹霞羽化。

十里芬芳未足，一亭風露先加。杏腮桃臉費鉛華，終慣秋蟾影下。

【八聲甘州】夜讀《李廣傳》，不能寐，因念晁楚老、楊民瞻約同居山間，戲用李廣事，賦以寄之。

故將軍飲罷夜歸來，長亭解雕鞍。恨灞陵醉尉，匆匆未識，桃李無言。射虎山横一騎，裂石響驚絃。落魄封侯事，歲晚田園。

誰向桑麻杜曲，要短衣匹馬，移住南山。看風流慷慨，譚笑過殘年。漢開邊，功名萬里，甚當時健者也曾閑。紗窗外，斜風細雨，一陣輕寒。

【昭君怨】

人面不如花面，花到開時重見。獨倚小闌干，許多山。　落葉西風時候，人共青山都瘦。說道夢陽臺，幾曾來？

【臨江仙】再用韻送祐之弟歸浮梁〔一〕

鍾鼎山林〔二〕都是夢，人間寵辱休驚。只消閑處過平生。酒杯秋吸露，詩句夜裁冰。　記取小窗風雨夜，對床燈火多情。問誰千里伴君行。

曉山眉樣翠，秋水鏡般明。

注釋：

〔一〕浮梁：縣名，宋時屬饒州。

〔二〕鍾鼎：古代的樂器和食器，上面或銘刻有記事表功的文字，比喻在朝爲官。

山林：山石林泉，比喻隱居在野。

【菩薩蠻】送祐之弟歸浮梁

無情最是江頭柳，長條折盡還依舊。木葉下平湖，雁來書有無？　雁無書尚可，好語憑誰和？風雨斷腸時，小山生桂枝。

【蝶戀花】送祐之弟

衰草殘陽三萬頃，不算飄零，天外孤鴻影。幾許淒涼須痛飲，行人自向江頭醒。　會少離多看兩鬢，萬縷千絲，何況新來病。不是離愁難整頓，被他引惹其他恨。

【滿江紅】和楊民瞻送祐之弟還侍浮梁

塵土西風，便無限淒涼行色。還記取、明朝應恨，今宵輕別。珠淚爭垂華燭暗，雁行欲斷哀箏切。看扁舟幸自澀清溪，休催發。　白石路，長亭側；千樹柳，千絲結。怕行人西去，棹歌聲闋。黃卷莫教詩酒汚，玉階〔一〕不信仙凡隔。但從今伴我又隨君，佳哉月。

注釋：

〔一〕玉階：指朝廷。

【浪淘沙】山寺夜半聞鍾

身世酒杯中，萬事皆空。古來三五個英雄。雨打風吹何處是，漢殿秦宮。　夢入少年叢，歌舞匆匆。老僧夜半誤鳴鐘。驚起西窗眠不得，捲地西風。

【永遇樂】送陳仁和自便東歸。陳至上饒之一年，得子，甚喜。

紫陌長安，看花年少，無限歌舞。白髮憐君，尋芳較晚，捲地驚風雨。問君知否：鴟夷載酒，不似井瓶〔一〕身誤。細思量、悲歡夢裏，覺來總無尋處。

芒鞋竹杖，天教還了，千古玉溪〔二〕佳句。落魄東歸，風流贏得、掌上明珠去。起看清鏡，南冠好在，拂了舊時塵土。向君道、雲霄萬里，這回穩步。

注釋：

〔一〕井瓶：瓶落於井。比喻去無音訊。李白詩：『金瓶落井無消息，令人行嘆復坐思。』

〔二〕玉溪：指信江。稼軒詞另有『一枝先破玉溪春』『千丈石打玉溪流』諸句。

【定風波】暮春漫興

少日春懷似酒濃，插花走馬醉千鍾。老去逢春如病酒，唯有，茶甌香篆小簾櫳。　捲盡殘花風未定，休恨，花開元自要春風。試問春歸誰得見？飛燕，來時相遇夕陽中。

【鷓鴣天】代人賦

晚日寒鴉一片愁，柳塘新緑却温柔。若教眼底無離恨，不信人間有白頭。腸已斷，淚難收。相思重上小紅樓。情知已被山遮斷，頻倚闌干不自由。

詞評：

俞陛雲《唐五代兩宋詞選釋》：人生容易白頭，大抵怨別傷離所致。故下闋言相思不已，重上樓頭，明知江上峰青，已曲終人遠，而闌干獨倚，極目雲天，與東坡『天一方』之歌，同其寓感。

【鷓鴣天】代人賦

陌上柔桑破嫩芽，東鄰蠶種已生些。平岡細草鳴黃犢，斜日寒林點暮鴉。山遠近，路橫斜，青旗沽酒有人家。城中桃李愁風雨，春在溪頭薺菜花。

詞評：

陳廷焯《詞則·放歌集》卷一：『城中』二語，有多少感慨。信筆寫去，格調自蒼勁，意味自深厚，有不可强而致者。放翁、改之、竹山學之，已成效顰，何論餘子。

俞陛雲《唐五代兩宋詞選釋》：稼軒集中多雄慨之詞，縱橫之筆。此調乃閑放自適，如聽雄笳急鼓之餘，忽聞漁唱在水烟深處，爲之意遠。

【臨江仙】探梅

老去惜花心已懶，愛梅猶繞江村。一枝先破玉溪春。更無花態度，全是雪精神。剩向青山餐秀色，爲渠着句清新。竹根流水帶溪雲。

醉中渾不記，歸路月黃昏。

【蝶戀花】戊申元日立春，席間作。

誰向椒盤〔一〕簪綵勝〔二〕？整整韶華，爭上春風鬢。往日不堪重記省，爲花長把新春恨。春未來時先借問，晚恨開遲，早又飄零近。今歲花朝消息定，只愁風雨無憑準。

注釋：

〔一〕椒盤：俗於正月初一以盤進椒，號椒盤。

〔二〕綵勝：唐宋時以立春日剪紙或綢作旛，戴於頭上，或繫於花下，亦稱旛勝。

詞評：

沈際飛《草堂詩餘正集》卷二：椒盤綵勝之外，不純用時事，甚脱。爲花恨春，爲春惜花，説開一步，所以脱俗。

陳廷焯《雲韶集》卷五：只是惜春，却寫得姿態如許，筆致伸縮，真神品也。

【滿江紅】餞鄭衡州厚卿席上再賦

莫折荼蘼，且留取一分春色。還記得、青梅如豆，共伊同摘。少日對花渾醉夢，而今醒眼看風月。恨牡丹、笑我倚東風，頭如雪。　榆莢陣，菖蒲葉。時節换，繁華歇。算怎禁風雨，怎禁鶗鴂。老冉冉兮花共柳，是栖栖者蜂和蝶。也不因春去有閑愁，因離别。

【沁園春】戊申歲，奏邸忽騰報謂余以病挂冠，因賦此。

老子平生，笑盡人間，兒女怨恩。況白頭能幾，定應獨往；青雲得意，見説長存。抖擻衣冠，憐渠無恙，合挂當年神武門。都如夢，算能争幾許，鷄曉鐘昏。

此心無有親怨，況抱瓮年來自灌園〔一〕。但凄凉顧影，頻悲往事；殷勤對佛，欲問前因。却怕青山，也妨賢路，休鬥尊前見在身。山中友，試高吟楚些〔二〕，重與招魂。

注釋：

〔一〕抱瓮灌園：抱着水瓮去灌溉。費力多而收效少。比喻安於田園生活。

〔二〕楚些：即《楚辭》。

【賀新郎】陳同父〔一〕自東陽來過余，留十日，與之同游鵝湖，且會朱晦庵於紫溪，不至，飄然東歸。既別之明日，余意中殊戀戀，復欲追路。至鷺鷀林，則雪深泥滑，不得前矣。獨飲方村，悵然久之，頗恨挽留之不遂也。夜半，投宿吴氏泉湖四望樓，聞鄰笛悲甚，爲賦《賀新郎》以見意。又五日，同父書來索詞。心所同然者如此，可發千里一笑。

把酒長亭説。看淵明風流酷似，卧龍諸葛。何處飛來林間鵲，蹙踏松梢殘雪。要破帽多添華髮。剩水殘山無態度，被疏梅料理成風月。兩三雁，也蕭瑟。　佳人重約還輕別。悵清江、天寒不渡，水深冰合。路斷車輪生四角，此地行人銷骨。問誰使、君來愁絶？鑄就而今相思錯，料當初、費盡人間鐵。長夜笛，莫吹裂。

注釋：

〔一〕陳同父：名亮，婺州永康（今屬浙江）人，學者稱龍川先生。主張抗金，與稼軒志同道合，互有詩詞唱和。

詞評：

卓人月《古今詞統》卷十六：兩美必合，是爲雙躍之龍；兩雄并栖，將有一傷之虎。使稼軒、龍川而得行其志，相遇中原，吾未卜其何如也。

俞陛雲《唐五代兩宋詞選釋》：稼軒與同甫，爲并世健者，交誼之深厚，文章之振奇，可稱詞壇瑜、亮。此詞爲愜心之作。

【賀新郎】同父見和，再用韵答之。

老大猶堪説。似而今、元龍臭味〔一〕，孟公瓜葛〔二〕。我病君來高歌飲，驚散樓頭飛雪。笑富貴千鈞如髮。硬語盤空誰來聽，記當時只有西窗月。重進酒，換鳴瑟。　事無兩樣人心别。問渠儂：神州畢竟，幾番離合？汗血鹽車無人顧，千里空收駿骨。正目斷關河路絶。我最憐君中宵舞，道男兒到死心如鐵。看試手，補天裂。

注釋：

〔一〕元龍：陳登字元龍，三國時人，與劉備互相推重。臭味：同類。

〔二〕孟公：陳遵字孟公，居長安，交游極廣。瓜葛：謂交游。

【賀新郎】用前韻送杜叔高〔一〕

細把君詩説。悵餘音、鈞天浩蕩，洞庭膠葛〔二〕。千尺陰崖塵不到，惟有層冰積雪。乍一見、寒生毛髮。自昔佳人多薄命，對古來一片傷心月。金屋冷，夜調瑟。　去天尺五君家别。看乘空、魚龍慘淡，風雲開合。起望衣冠神州路，白日消殘戰骨。嘆夷甫諸人清絶。夜半狂歌悲風起，聽錚錚陣馬檐間鐵。南共北，正分裂。

注釋：

〔一〕杜叔高：杜斿字叔高，浙江金華人。

〔二〕膠葛：空曠深遠貌。此喻樂聲悠揚。

詞評：

夏承燾《宋詞系》：前二首和陳亮詞，乃弃疾與亮鵝湖會後之作。……陳亮此次倡導議恢復，雖得弃疾之熱情支持，結果仍一場落空，僅傳誦此數首激昂慷慨之詞，引後人無限敬仰耳。

【破陣子】爲陳同甫賦壯詞以寄之

醉裏挑燈看劍，夢回吹角連營。八百里〔一〕分麾下炙，五十絃〔二〕翻塞外聲。沙場秋點兵。　馬作的盧飛快，弓如霹靂絃驚。了却君王天下事，贏得生前身後名。可憐白髮生！

注釋：

〔一〕八百里：謂牛。《世説新語·汰侈篇》：『王君夫有牛，名八百里駁。』炙：烤。

〔二〕五十絃：傳説中素女所鼓之瑟。後通稱瑟。李商隱詩：『錦瑟無端五十絃。』

詞評：

陳廷焯《雲韶集》卷五：字字跳擲而出，『沙場』五字，起一片秋聲，沉雄悲壯，凌轢千古。

【最高樓】送丁懷忠〔一〕教授入廣。渠赴調都下，久不得書，或謂從人辟置，或謂徑歸閩中矣。

相思苦，君與我同心。魚没雁沉沉。是夢他松後追軒冕，是化爲鶴後去山林？對西風，直悵望，到如今。　待不飲、奈何君有恨，待痛飲、奈何吾又病。君起舞，試重斟。蒼梧雲外湘妃淚，鼻亭山〔二〕下鷓鴣吟。

早歸來，流水外，有知音。

注釋：

〔一〕丁懷忠：名朝佐，福建邵武人。

〔二〕鼻亭山：在湖南道州。

【鵲橋仙】己酉山行書所見

松岡避暑，茆簷避雨，閑去閑來幾度。醉扶孤石看飛泉，又却是、前回醒處。　東家娶婦，西家歸女，燈火門前笑語。釀成千頃稻花香，夜夜費一天風露。

【滿江紅】送徐撫幹衡仲之官三山，時馬叔會侍郎帥閩。

絶代佳人，曾一笑、傾城傾國。休更嘆、舊時青鏡，而今華髮。明日伏波〔一〕堂上客，老當益壯翁應説。恨苦遭鄧禹笑人來，長寂寂。詩酒社，江山筆；松菊徑，雲烟屐。怕一觴一咏，風流絃絶。我夢橫江孤鶴去，覺來却與君相别。記功名萬里要吾身，佳眠食。

注釋：

〔一〕伏波：指東漢伏波將軍馬援，曾率軍平交趾。常謂賓客曰：『丈夫爲志，窮當益堅，老當益壯。』

【御街行】

闌干四面山無數，供望眼，朝與暮。好風催雨過山來，吹盡一簾煩暑。紗厨如霧，簟紋〔一〕如水，别有生凉處。冰肌不受鉛華污，更旎旎，真香聚。臨風一曲最妖嬌，唱得行雲且住〔二〕。藕花都放，木犀開後，待與乘鸞去。

注釋：

〔一〕簟紋：竹席細密的紋理，似水清凉。簟（音店）：竹席。蘇軾《南堂五首》：『掃地焚香閉閤眠，簟紋如水帳如烟。』

〔二〕行雲且住：《列子·湯問》載，秦青『撫節悲歌，聲振林木，響遏行雲』。

【卜算子】尋春作

修竹翠羅寒，遲日江山暮。幽徑無人獨自芳，此恨知無數。　只共梅花語，懶逐游絲去。著意尋春不肯香，香在無尋處。

【卜算子】爲人賦荷花

紅粉靚梳妝，翠蓋低風雨。占斷人間六月凉，明月鴛鴦浦。　根底藕絲長，花裏蓮心苦。只爲風流有許愁，更襯佳人步。

【水調歌頭】送楊民瞻

日月如磨蟻，萬事且浮休〔一〕。君看簷外江水，滾滾自東流。風雨瓢泉〔二〕夜半，花草雪樓春到，老子已菟裘〔三〕。歲晚問無恙，歸計橘千頭。

夢連環，歌彈鋏〔四〕，賦《登樓》。黃鷄白酒〔五〕，君去村社一番秋。長劍倚天誰問，夷甫諸人堪笑，西北有神州。此事君自了，千古一扁舟。

注釋：

〔一〕浮休：謂人生短暫，世事無常。語出《莊子·刻意》：『其生若浮，其死若休。』

〔二〕瓢泉：在今江西鉛山縣境內。

〔三〕菟裘：春秋時魯地名，在今山東泰安境內。魯隱公曾於此建宅，作隱居之所。

〔四〕彈鋏：參見前注（《滿江紅》漢水東流）。

〔五〕黄鷄白酒：謂退隱後的田園生活。李白《南陵别兒童入京》：『白酒新熟山中歸，黄鷄啄黍秋正肥。』

【定風波】席上送范廓之游建康

聽我尊前醉後歌，人生無奈别離何。但使情親千里近，須信，無情對面是山河。寄語石頭城下水，居士〔一〕，而今渾不怕風波。借使未成鷗鳥伴，經慣，也應學得老漁蓑。

注釋：

〔一〕居士：稼軒《新居上梁文》自稱『稼軒居士』。

【踏莎行】庚戌中秋後二夕，帶湖篆岡小酌。

夜月樓臺，秋香院宇，笑吟吟地人來去。是誰秋到便淒涼，當年宋玉悲如許。隨分杯盤，等閑歌舞，問他有甚堪悲處。思量却也有悲時，重陽節近多風雨。

詞評：

陳廷焯《雲韶集》卷五：筆致疏宕，獨有千古。合拍處妙不可思議。

【鷓鴣天】和人韻，有所贈。

趁得春風汗漫游，見他歌後怎生愁。事如芳草春長在，人似浮雲影不留。眉黛斂，眼波流，十年薄幸〔一〕謾揚州。明朝短棹輕衫夢，只在溪南罨畫〔二〕樓。

注釋：

〔一〕薄幸：負心，寡情。唐·杜牧《遣懷》詩：『十年一覺揚州夢，贏得青樓薄幸名。』

〔二〕罨畫：形容色彩艷麗。罨（音掩）：一種魚網。

【虞美人】賦荼蘼

群花泣盡朝來露，爭怨春歸去。不知庭下有荼蘼，偷得十分春色怕春知。淡中有味清中貴，飛絮殘紅避。露華微浸玉肌香，恰似楊妃初試出蘭湯。

【念奴嬌】瓢泉酒酣，和東坡韵。

倘來軒冕〔一〕，問還是、今古人間何物。舊日重城愁萬里，風月而今堅壁。藥籠功名，酒壚身世，可惜蒙頭雪。浩歌一曲，坐中人物三杰。休嘆黄菊凋零，孤標應也，有梅花争發。醉裏重揩西望眼，惟有孤鴻明滅。萬事從教，浮雲來去，枉了衝冠髮。故人何在，長庚〔二〕應伴殘月。

注釋：

〔一〕軒冕：喻指官位爵禄。軒：高車；冕：官帽。

〔二〕長庚：即金星，亦名太白星、啓明星。黄昏出現於西方者名長庚，清晨出現在東方的名啓明。

【好事近】送李復州致一席上和韵

和淚唱《陽關》，依舊字嬌聲穩。回首長安何處，怕行人歸晚。垂楊折盡只啼鴉，把離愁勾引。却笑遠山無數，被行雲低損。

【醉太平】春晚

態濃意遠，眉顰笑淺，薄羅衣窄絮風軟。鬢雲欺翠捲。南園花樹春光暖，紅香徑裏榆錢滿。欲上鞦韆又驚懶，且歸休怕晚。

詞評：

俞陛雲《唐五代兩宋詞選釋》：此作情態俱妍，結句有絮飛春旦、日長人倦之意，且有少陵『一卧滄江驚歲晚』『扁舟一繫故園心』之感。

【金菊對芙蓉】重陽

遠水生光，遥山聳翠，霽烟深鎖梧桐。正零瀼〔一〕玉露，淡蕩金風。東籬菊有黄花吐，對映水幾簇芙蓉。重陽佳致，可堪此景，酒釅〔二〕花濃。　追念景物無窮，嘆年少胸襟，忒煞英雄。把黄英紅萼，甚物堪同。除非腰佩黄金印，座中擁紅粉嬌容。此時方稱情懷，盡拼一飲千鍾。

注釋：

〔一〕瀼：露濃貌。

〔二〕酒釅（音燕）：酒味濃。

【水調歌頭】題永豐楊少游提點一枝堂

萬事幾時足，日月自西東。無窮宇宙，人是一粟太倉中。一葛一裘經歲，一鉢一瓶終日，老子舊家風。更著一杯酒，夢覺大槐宫。記當年，嚇腐鼠，嘆冥鴻。衣冠神武門外，驚倒幾兒童。休説須彌芥子〔一〕，看取鯤鵬斥鷃〔二〕，大小若爲同。君欲論齊物，須訪一枝翁。

注釋：

〔一〕須彌芥子：佛經用語，須彌喻高大，芥子喻渺小。

〔二〕斥鷃：蓬間小雀，只能在蓬蒿間飛行。語出《莊子·逍遥游》。

【江神子】賦梅，寄余叔良。

暗香〔一〕横路雪垂垂，晚風吹，曉風吹。花意争春，先出歲寒枝。畢竟一年春事了，緣太早，却成遲。　未應全是雪霜姿〔二〕，欲開時，未開時。粉面朱唇，一點半胭脂。醉裏謗花花莫恨，渾冷淡，有誰知。

注釋：

〔一〕暗香：香氣清幽。林逋《山園小梅》詩：『疏影横斜水清淺，暗香浮動月黄昏。』

〔二〕雪霜姿：蘇軾《紅梅》詩：『故作小紅桃杏色，尚餘孤瘦雪霜姿。』

詞評：

沈際飛《草堂詩餘别集》卷三：作者多引古詞義，稼軒洗盡。醉對梅花，在常情之外，謗殊深於譽。

【水龍吟】寄題京口范南伯家文官花。花先白，次緑，次緋，次紫。《唐會要》載學士院有之。

倚欄看碧成朱，等閑褪了香袍粉。上林高選，匆匆又换，紫雲衣潤。幾許春風，朝薰暮染，爲花忙損。笑舊家桃李，東塗西抹。有多少，凄凉恨。　擬倩流鶯説與，記榮華易消難整。人間得意，千紅百紫，轉頭春盡。白髮憐君，儒冠曾誤，平生官冷。算風流未減，年年醉裏，把花枝問。

【生查子】有覓詞者，爲賦。

去年燕子來，簾幕深深處。香徑得泥歸，都把琴書污。　今年燕子來，誰聽呢喃語。不見捲簾人，一陣黄昏雨。

【浣溪沙】漫興作

未到山前騎馬回，風吹雨打已無梅，共誰消遣兩三杯。一似舊時春意思，百無是處老形骸，也曾頭上戴花來。

【西江月】夜行黄沙道中

明月别枝驚鵲，清風半夜鳴蟬。稻花香裏説豐年，聽取蛙聲一片。七八個星天外，兩三點雨山前。舊時茅店社林邊，路轉溪橋忽見。

詞評：

陳廷焯《詞則·别調集》卷二：的是夜景。又云：所聞所見，信手拈來，都成异采，總由筆力勝故也。

【賀新郎】三山[一]雨中游西湖，有懷趙丞相[二]經始。

翠浪吞平野。挽天河、誰來照影，卧龍山下。烟雨偏宜晴更好，約略西施未嫁。待細把、江山圖畫。千頃光中堆灔瀩[三]，似扁舟欲下瞿塘馬。中有句，浩難寫。　詩人例入西湖社。記風流重來手種，緑成陰也。陌上游人誇故國，十里水晶臺榭。更複道横空清夜。粉黛中洲歌妙曲，問當年魚鳥無存者。堂上燕，又長夏。

注釋：

〔一〕三山：福州的别稱。因境内有越王山、九仙山、烏石山，故名。

〔二〕趙丞相：指趙汝愚，官至吏部尚書。曾帥福建。

〔三〕堆灔澦：灔澦堆，長江瞿塘峽口江心突起的巨石。一九五八年被炸除。

詞評：

卓人月《古今詞統》卷十六：淡妝濃抹之喻，重爲洗出。

【水調歌頭】三山用趙丞相韵，答帥幕王君，且有感於中秋近事，并見之末章。

説與西湖客，觀水更觀山。淡妝濃抹西子，唤起一時觀。種柳人今天上，對酒歌翻《水調》，醉墨捲秋瀾。老子興不淺，歌舞莫教閑。看尊前，輕聚散，少悲歡。城頭無限今古，落日曉霜寒。誰唱黃鷄白酒，猶記紅旗清夜，千騎月臨關。莫説西州路〔一〕，且盡一杯看。

注釋：

〔一〕西州路：典出《晉書·謝安傳》，比喻感舊傷懷。西州故址在今江蘇南京。

【水調歌頭】壬子三山被召，陳端仁〔一〕給事飲餞席上作。

長恨復長恨，裁作《短歌行》。何人爲我楚舞，聽我楚狂聲。余既滋蘭九畹〔二〕，又樹蕙之百畝，秋菊更餐英。門外滄浪水，可以濯吾纓〔三〕。一杯酒，問何似，身後名。人間萬事，毫髮常重泰山輕。悲莫悲生離別，樂莫樂新相識，兒女古今情。富貴非吾事，歸與白鷗盟〔四〕。

注釋：

〔一〕陳端仁：陳峴字端仁，閩縣人。曾帥四川。

〔二〕余既滋蘭九畹：此句及後兩句，語出《離騷》。

〔三〕濯吾纓：比喻清高自守，不同流合污。濯（音卓）：洗滌。纓：帽帶。

〔四〕白鷗盟：黄庭堅《登快閣》詩：『萬里歸船弄長笛，此心吾與白鷗盟。』

詞評：

卓人月《古今詞統》卷十二：幾不欲自作一語。

陳廷焯《詞則·放歌集》卷一：怨憤填膺，不可遏抑。

【定風波】三山送盧國華提刑，約上元重來。

少日猶堪話別離，老來怕作送行詩。極目南雲無過雁。君看，梅花也解寄相思。無限江山行未了。父老，不須和淚看旌旗。後會丁寧何日是？須記，春風十里放燈時。

詞評：

卓人月《古今詞統》卷七：寫風解嘲。

【鷓鴣天】

點盡蒼苔色欲空，竹籬茅舍要詩翁。花餘歌舞歡娛外，詩在經營慘澹中。聽軟語，笑衰容，一枝斜墜翠鬟鬆。淺顰深笑誰堪醉，看取蕭然林下風。

【行香子】三山作

好雨當春，要趁歸耕。況而今已是清明。小窗坐地，側聽檐聲。恨夜來風，夜來月，夜來雲。花絮飄零，鶯燕丁寧。怕妨儂湖上閑行。天心肯後，費甚心情。放霎時陰，霎時雨，霎時晴。

詞評：

梁啓超《辛稼軒先生年譜》：此告歸未得請時作也。……此詩人比興之旨，意内言外，細繹自見。先生雖功名之士，然其所惓惓者，在雪大耻，復大仇。既不得所藉手，則區區專閫虛榮，殊非所願。

【最高樓】吾擬乞歸，犬子以田産未置止我，賦此罵之。

吾衰矣，須富貴何時？富貴是危機。暫忘設醴抽身去，未曾得米弃官歸。穆先生〔一〕，陶縣令〔二〕，是吾師。待葺個園兒名『佚老』，更作個亭兒名『亦好』。閑飲酒，醉吟詩。千年田換八百主，一人口插幾張匙。便休休，更説甚，是和非。

注釋：

〔一〕穆先生：漢代魯人穆生，初爲楚元王交禮遇，常爲設醴。後王戊立，忘設醴。穆生知其意怠，遂去。

〔二〕陶縣令：晉陶淵明，曾爲彭澤縣令，後辭歸，賦《歸去來辭》。

【瑞鶴仙】賦梅

雁霜寒透幙。正護月雲輕，嫩冰猶薄。溪奩照梳掠。想含香弄粉，艷妝難學。玉肌瘦弱，更重重龍綃襯着。倚東風、一笑嫣然，轉盼萬花羞落。寂寞。家山何在？雪後園林，水邊樓閣。瑶池舊約，鱗鴻〔一〕更仗誰托？粉蝶兒只解，尋桃覓柳，開遍南枝未覺。但傷心、冷落黄昏，數聲畫角。

注釋：

〔一〕鱗鴻：即魚、雁，古有鯉魚、鴻雁傳書之説。指書信。

【念奴嬌】戲贈善作墨梅者

江南盡處，墮玉京仙子，絕塵英秀。彩筆風流偏解寫，姑射冰姿清瘦。笑殺春工，細窺天巧，妙絕應難有。丹青圖畫，一時都愧凡陋。還似籬落孤山，嫩寒清曉，只欠香沾袖。淡佇輕盈誰付與，弄粉調朱纖手。疑是花神，揭來人世，占得佳名久。松篁佳韵，倩君添做三友。

【水龍吟】過南劍〔一〕雙溪樓

舉頭西北浮雲，倚天萬里須長劍。人言此地，夜深長見，斗牛光焰。我覺山高，潭空水冷，月明星淡。待燃犀〔二〕下看，憑欄却怕，風雷怒，魚龍慘。峽束滄江對起，過危樓、欲飛還斂。元龍老矣，不妨高卧，冰壺涼簟。千古興亡，百年悲笑，一時登覽。問何人又卸，片帆沙岸，繫斜陽纜。

注釋：

〔一〕南劍：宋時州名，治所在今福建南平。

〔二〕燃犀：點燃犀牛角。傳説燃犀照水，能使妖魔顯形。

詞評：

周濟《宋四家詞選》：欲抉浮雲，必須長劍；長劍不可得出，安得不恨魚龍？

陳廷焯《雲韶集》卷五：詞直氣盛，寶光焰焰，筆陣横掃千軍。雄奇之景，非此雄奇之筆，不能寫得如此精神。

【瑞鶴仙】南劍雙溪樓

片帆何太急？望一點須臾，去天咫尺。舟人好看客。似三峽風濤，嵯峨劍戟。溪南溪北，正遐想、幽人泉石。看漁樵、指點危樓，却羡舞筵歌席。嘆息。山林鍾鼎，意倦情遷，本無欣戚。轉頭陳迹。飛鳥外，晚烟碧。問誰憐舊日，南樓老子，最愛月明吹笛。到而今、撲面黄塵，欲歸未得。

詞評：

陳廷焯《雲韶集》卷五：筆勢如濤奔涌，不可遏抑，極盡詞中能事。短句字字跳擲。『問誰憐舊日』以下，合坡翁、山谷爲一手。

【鷓鴣天】

欲上高樓去避愁，愁還隨我上高樓。經行幾處江山改，多少親朋盡白頭。 歸休去，去歸休，不成人總要封侯。浮雲出處元無定，得似浮雲也自由。

【沁園春】再到期思卜築

一水西來，千丈晴虹，十里翠屏。喜草堂經歲，重來杜老；斜川〔一〕好景，不負淵明。老鶴高飛，一枝投宿，長笑蝸牛戴屋行。平章〔二〕了，待十分佳處，着個茅亭。 青山意氣崢嶸，似爲我、歸來嫵媚生。解頻教花鳥，前歌後舞，更催雲水，暮送朝迎。酒聖詩豪，可能無勢，我乃而今駕馭卿。清溪上，被山靈却笑，白髮歸耕。

注釋：

〔一〕斜川：游覽勝地。在江西都昌縣境。陶淵明曾游歷，作《游斜川》詩并序。

〔二〕平章：籌劃；商處。語出《尚書·堯典》：『九族既睦，平章百姓。』

【祝英臺近】與客飲瓢泉，客以泉聲喧静爲問，余醉，未及答。或者以『蟬噪林逾静』代對，意甚美矣。翌日，爲賦此詞以褒之。

水縱橫，山遠近，拄杖占千頃。老眼羞明，水底看山影。試教水動山搖，吾生堪笑，似此個青山無定。一瓢飲，人問：翁愛飛泉，來尋個中靜；繞屋聲喧，怎做靜中鏡？我眠君且歸休，維摩方丈，待天女散花時問。

詞評：

卓人月《古今詞統》卷七：《婆羅清話》：『月隨雲走，月竟不移；岸逐舟行，岸終自若。』於此可以語禪。

【蘭陵王】賦一丘一壑

一丘壑，老子風流占却。茅簷上，松月桂雲，脉脉石泉逗山脚。尋思前事錯，惱殺，晨猿夜鶴。終須是、鄧禹輩人，錦綉麻霞坐黄閣。長歌自深酌。看天闊鳶飛，淵靜魚躍，西風黄菊香噴薄。悵日暮雲合，佳人何處，紉蘭結佩帶杜若。入江海曾約。遇合。事難托。莫擊磬門前，荷蕢〔一〕人過，仰天大笑冠簪落〔二〕。待説與窮達，不須疑着。古來賢者，進亦樂，退亦樂。

注釋：

〔一〕擊磬、荷蕢：語出《論語·憲問》。荷蕢（音愧）：肩背着草筐。

〔二〕『仰天』句：謂淳于髡事，參見《史記·滑稽列傳》。

【行香子】

歸去來兮，行樂休遲，命由天、富貴何時。百年光景，七十者稀。奈一番愁，一番病，一番衰。名利奔馳，寵辱驚疑，舊家時都有些兒。而今老矣，識破關機。算不如閑，不如醉，不如癡。

【歸朝歡】 靈山齊庵〔一〕菖蒲港，皆長松茂林。獨野櫻花一株，山上盛開，照映可愛。不數日，風雨摧敗殆盡。意有感，因效介庵體爲賦，且以『菖蒲緑』名之。丙辰歲三月三日也。

山下千林花太俗，山上一枝看不足。春風正在此花邊，菖蒲自蘸清溪緑。與花同草木，問誰風雨飄零速。莫悲歌，夜深岩下，驚動白雲宿。病怯殘念頻自卜，老愛遺篇難細讀。若無妙手畫於菟，人間雕刻真成鵲。夢中人似玉，覺來更憶腰如束。許多愁，問君有酒，何不日絲竹。

注釋：

〔一〕靈山齊庵：靈山在江西上饒，綿亘百餘里。齊庵爲稼軒於靈山所造居室。

【沁園春】靈山齊庵賦。時築偃湖未成。

疊嶂西馳，萬馬回旋，衆山欲東。正驚湍直下，跳珠倒濺；小橋橫截，缺月初弓。老合投閑，天教多事，檢校長身十萬松。吾廬小，在龍蛇影外，風雨聲中。爭先見面重重。看爽氣朝來三數峰。似謝家子弟，衣冠磊落；相如庭户，車騎雍容。我覺其間，雄深雅健，如對文章太史公。新堤路，問偃湖何日，烟雨濛濛。

詞評：

宋·陳模《懷古録》卷中：説松而及謝家子弟、相如車騎、太史公文章，自非脱落故常者，未易闖其堂奥。

卓人月《古今詞統》卷十五：『雄深雅健』四字，幼安可以自贈。

【添字浣溪沙】

日日閑看燕子飛，舊巢新壘畫簾低。玉曆今朝推戊己，住銜泥。先自春光留不住，那堪更着子規啼。一陣晚香吹不斷，落花溪。

【水調歌頭】將遷新居不成，有感，戲作。時以病止酒，且遣去歌者，末章及之。

我亦卜居者，歲晚望三閭。昂昂千里，泛泛不作水中鳧。好在書攜一束，莫問家徒四壁，往日置錐無。借車載家具，家具少於車。舞烏有，歌亡是，飲子虛。二三子者愛我，此外故人疏。幽事欲論誰共，白鶴飛來似可，忽去復何如。衆鳥欣有托，吾亦愛吾廬。

【鵲橋仙】贈人

風流標格，惺鬆言語，真個十分奇絶。三分蘭菊十分梅，鬥合就、一枝風月。 笙簧未語，星河易轉，涼夜厭厭留客。只愁酒盡各西東，更把酒推辭一霎。

【沁園春】將止酒，戒酒杯使勿近。

杯汝來前，老子今朝，點檢形骸。甚長年抱渴，咽如焦釜；於今喜睡，氣似奔雷。汝説劉伶，古今達者，醉後何妨死便埋。渾如此，嘆汝於知己，真少恩哉！ 更憑歌舞爲媒。算合作平居鴆毒猜。况怨無大小，生於所愛；物無美惡，過則爲灾。與汝成言，勿留亟退，吾力猶能肆汝杯。杯再拜，道麾之即去，招則須來。

詞評：

沈際飛《草堂詩餘別集》卷四：如《答賓戲》《解嘲》等作，乃把古文手段寓之於詞。時主東坡爲詞詩，稼軒爲詞論，甚當。『怨無大小』四句可箴。

清·劉體仁《七頌堂詞繹》：稼軒詞『杯汝來前』，《毛穎傳》也；『誰共我，醉明水』，《恨賦》也：皆非詞家本色。

【臨江仙】

手撚黃花無意緒，等閑行盡回廊。捲簾芳桂散餘香。枯荷難睡鴨，疏雨暗池塘。憶得舊時携手處，如今水遠山長。羅巾浥淚別殘妝。舊歡新夢裏，閑處却思量。

【玉樓春】戲賦雲山

何人半夜推山去，四面浮雲猜是汝。常時相對兩三峰，走遍溪頭無覓處。　西風瞥起雲横度，忽見東南天一柱。老僧拍手笑相誇，且喜青山依舊住。

詞評：

卓人月《古今詞統》卷八：一氣呵成，無窮轉折。

【玉樓春】

風前欲勸春光住，春在城南芳草路。未隨流落水邊花，且作飄零泥上絮。鏡中已覺星星誤，人不負春春自負。夢回人遠許多愁，只在梨花風雨處。

【玉樓春】

三三兩兩誰家女，聽取鳴禽枝上語。提壺沽酒已多時，婆餅焦〔一〕時須早去。醉中忘却來時路，借問行人家住處。只尋古廟那邊行，更過溪南烏柏樹。

注釋：

〔一〕婆餅焦：鳥名，鳴聲如婆餅焦，故名。《林泉潔挈》卷一：『婆餅焦，身褐，聲焦急。』

【滿江紅】山居即事

幾個輕鷗，來點破、一泓澄緑。更何處、一雙鸂鶒，故來争浴。細讀《離騷》還痛飲，飽看修竹何妨肉。有飛泉日日供明珠，五千斛。　春雨滿，秧新穀。閑日永，眠黄犢。看雲連麥隴，雪堆蠶蔟。若要足時今足矣，以爲未足何時足？被野老相扶入東園，枇杷熟。

詞評：

卓人月《古今詞統》卷十二：無處着一分緣飾，是山居真色。

沈際飛《草堂詩餘別集》卷二：知足，有不盡安閑恬適。未足，有不盡焦勞搶攘。何時足，命有時盡，可不爲大哀耶？

【清平樂】 呈趙昌甫。時僕以病止酒。昌甫日作詩數篇，末章及之。

雲烟草樹，山北山南雨。溪上行人相背去，惟有啼鴉一處。門前萬斛春寒，梅花可噉摧殘。使我長忘酒易，要君不作詩難。

【鷓鴣天】 和章泉趙昌父

萬事紛紛一笑中。淵明把菊對秋風。細看爽氣今猶在，惟有南山一似翁。　情味好，語言工。三賢高會古來同。誰知止酒停雲(二)老，獨立斜陽數過鴻。

注釋：

〔一〕止酒停雲：晋陶淵明有《止酒》詩、《停雲》詩。辛弃疾有停雲堂。

【滿庭芳】和章泉趙昌父

西崦斜陽，東江流水，物華不爲人留。錚然一葉，天下已知秋。屈指人間得意，問誰是騎鶴揚州？君知我，從來雅興，未老已滄洲。無窮身外事，百年能幾，一醉都休。恨兒曹抵死，謂我心憂。况有溪山杖屨，阮籍輩、須我來游。還堪笑，機心早覺，海上有驚鷗。

【木蘭花慢】中秋飲酒將旦，客謂前人詩詞有賦待月，無送月者，因用《天問》體賦。

可憐今夕月，向何處、去悠悠。是別有人間，那邊才見，光影東頭。是天外空汗漫，但長風浩浩送中秋。飛鏡無根誰繫，嫦娥不嫁誰留？

謂經海底問無由，恍惚使人愁。怕萬里長鯨，縱橫觸破，玉殿瓊樓。蝦蟆故堪浴水，問云何玉兔解沉浮？若道都齊無恙，云何漸漸如鈎？

詞評：

王國維《人間詞話》：稼軒中秋飲酒達旦，用《天問》體作《木蘭花慢》以送月，曰：『可憐今夕月，向何處、去悠悠。是別有人間，那邊才見，光景東頭。』詞人想象，直悟月輪繞地之理，與科學家密合，可謂神語。

【踏莎行】和趙國興知録韵

吾道悠悠，憂心悄悄。最無聊處秋光到。西風林外有啼鴉，斜陽山下多衰草。長憶商山，當年四老。塵埃也走咸陽道。爲誰書到便幡然，至今此意無人曉。

詞評：

清·劉熙載《藝概·詞概》：辛稼軒風節建竪，卓絶一時，惜每有成功，輒爲議者所沮。觀其《踏莎行》『和趙國興』有云：『吾道悠悠，憂心悄悄。』其志與遇，概可知矣。《宋史》本傳稱其雅善長短句，悲壯激烈。又稱謝校勘過其墓旁，有疾聲大呼於堂上，若鳴其不平。然則其長短句之作，固莫非假之鳴者哉？

【永遇樂】檢校停雲新種杉松，戲作。時欲作親舊報書，紙筆偶爲大風吹去，末章因及之。

投老空山，萬松手種，政爾堪嘆。何日成陰，吾年有幾，似見兒孫晚。古來池館，雲烟草棘，長使後人凄斷。想當年、良辰已恨：夜闌酒空人散。

停雲高處，誰知老子，萬事不關心眼。夢覺東窗，聊復爾耳〔一〕，起欲題書簡。霎時風怒，倒翻筆硯，天也只教吾懶。又何事催詩雨急，片雲斗暗〔二〕。

注釋：

〔一〕聊復爾耳：姑且如此。語出《世説新語·任誕》：『未能免俗，聊復爾耳。』此謂閑居無聊。

〔二〕斗暗：突然昏暗。斗：通『陡』，突然。

【鷓鴣天】讀淵明詩不能去手，戲作小詞以送之。

晚歲躬耕不怨貧，隻鷄斗酒聚比鄰。都無晋宋之間事，自是羲皇以上人。　千載後，百篇存，更無一字不清真。若教王謝諸郎在，未抵柴桑陌上塵。

詞評：

卓人月《古今詞統》卷七：『胸中那可有一事，天下故應無兩人。』放翁詩配稼軒詞。

【鷓鴣天】和吳子似山行韻

誰共春光管日華，朱朱粉粉野蒿花。閑愁投老無多子，酒病而今較減些。　山遠近，路橫斜，正無聊處管絃嘩。去年醉處猶能記，細數溪邊第幾家。

【新荷葉】徐思上巳乃子似〔一〕生日，因改定。

曲水流觴，賞心樂事良辰。今幾千年，風流禊事如新。明眸皓齒，看江頭、有女如雲。折花歸去，綺羅陌上芳塵。　絲竹紛紛，楊花飛鳥銜巾。爭似〔二〕群賢，茂林修竹蘭亭。一觴一咏，亦足以暢敘幽情。清歡未了，不如留住青春。

注釋：

〔一〕子似：吴紹右，字子嗣，慶元中任鉛山尉。

〔二〕争似：怎似。

【水調歌頭】趙昌父七月望日用東坡韵，叙太白、東坡事見寄，過相褒借，且有秋水之約。八月十四日，余卧病博山寺中，因用韵爲謝，兼寄吴子似。

我志在寥闊，疇昔夢登天。摩娑素月，人世俛仰已千年。有客驂鸞并鳳，云遇青山、赤壁〔一〕，相約上高寒。酌酒援北斗，我亦虱其間〔二〕。少歌曰：神甚放，形則眠。鴻鵠一再高舉，天地睹方圓。欲重歌兮夢覺，推枕惘然獨念，人事底虧全？有美人可語，秋水隔嬋娟。

注釋：

〔一〕青山、赤壁：指李白、蘇軾。李白卒後葬于青山；蘇軾曾游赤壁并作賦。

〔二〕虱其間：語出韓愈《瀧吏》詩：『得無虱其間，不武亦不文。』虱：側身，置身。

【水調歌頭】醉吟

四座且勿語，聽我醉中吟。池塘春草未歇，高樹變鳴禽。鴻雁初飛江上，蟋蟀還來床下，時序百年心。誰要卿料理，山水有清音。歡多少，歌長短，酒淺深。而今已不如昔，後定不如今。閑處直須行樂，良夜更教秉燭，高會惜分陰。白髮短如許，黄菊倩誰簪。

詞評：

陳廷焯《詞則·放歌集》卷一：若整若散，一片神行，非人力可到。

【西江月】遣興

醉裏且貪歡笑，要愁那得功夫。近來始覺古人書，信着全無是處。

昨夜松邊醉倒，問松我醉何如？只疑松動要來扶，以手推松曰去。

【念奴嬌】余既爲傅岩叟兩梅賦詞，傅君用席上有請云：『家有四古梅，今百年矣，未有以品題，乞援香月堂例。』欣然許之，且用前篇體製戲賦。

是誰調護，歲寒枝，都把蒼苔封了。茆舍疏籬江上路，清夜月高山小。摸索應知，曹劉沈謝，何况霜天曉。芬芳一世，料君長被花惱。　惆悵立馬行人，一枝最愛，竹外橫斜好。我向東鄰曾醉裏，喚起詩家二老〔一〕。拄杖而今，婆娑雪裏，又識商山皓。請君置酒，看渠與我傾倒。

注釋：

〔一〕詩家二老：指李白和白居易。

【水調歌頭】即席和金華杜仲高韵，并壽諸友，惟釂〔一〕乃佳耳。

萬事一杯酒，長嘆復長歌。杜陵有客，剛賦雲外築婆娑。須信功名兒輩，誰識年來心事，古井不生波。種種看余髮，積雪就中多。二三子，問丹桂，倩素娥。平生螢雪，男兒無奈五車何。看取長安得意，莫恨春風看盡，花柳自蹉跎。今夕且歡笑，明月鏡新磨。

注釋：

〔一〕釂（音教）：飲盡杯中酒。

【浣溪沙】偕杜叔高、吴子似宿山寺戲作

花向今朝粉面匀，柳因何事翠眉顰？東風吹雨細於塵。　自笑好山如好色，只今懷樹更懷人。閑愁閑恨一番新。

【浣溪沙】

父老争言雨水匀，眉頭不似去年顰。殷勤謝却甑中塵。　啼鳥有時能勸客，小桃無賴已撩人。梨花也作白頭新。

詞評：

卓人月《古今詞統》卷四：少游「曉陰無賴」，稼軒「小桃無賴」，一悶一喜。

【念奴嬌】重九席上

龍山何處，記當年高會，重陽佳節。誰與老兵供一笑，落帽參軍華髮。莫倚忘懷，西風也解，點檢尊前客。凄涼今古，眼中三兩飛蝶。須信采菊東籬，高情千載，只有陶彭澤。愛說琴中如得趣，絃上何勞聲切。試把空杯，翁還肯道，何必杯中物。臨風一笑，請翁同醉今夕。

【鵲橋仙】席上和趙晉臣敷文

少年風月，少年歌舞，老去方知堪羨。嘆折腰五斗賦《歸來》，問走了羊腸幾遍。高車駟馬，金章紫綬，傳語渠儂穩便。問東湖帶得幾多春，且看凌雲筆健。

【玉蝴蝶】追别杜叔高

古道行人來去，香紅滿樹，風雨殘花。望斷青山，高處都被雲遮。客重來、風流觴咏，春已去、光景桑麻〔一〕。苦無多，一條垂柳，兩個啼鴉。 人家。疏疏翠竹，陰陰緑樹，淺淺寒沙。醉兀籃輿，夜來豪飲太狂些。到如今、都齊醒却，只依舊、無奈愁何。試聽呵：寒食近也，且住爲佳。

注釋：

〔一〕桑麻：泛指農事。王安石《出郊》詩：『風日有情無處着，初回光景到桑麻。』

【感皇恩】讀《莊子》，聞朱晦庵即世。

案上數編書，非《莊》即《老》。會説忘言始知道，萬言千句，不自能忘堪笑。今朝梅雨霽，青天好。一壑一丘，輕衫短帽。白髮多時故人少。子雲何在？應有《玄經》遺草。江河流日夜，何時了。

【賀新郎】題傅君用山園

曾與東山約，爲儵魚〔二〕從容分得，清泉一勺。堪笑高人讀書處，多少松窗竹閣。甚長被、游人占却。萬卷何言達時用，士方窮早與人同樂。新種得，幾花藥。山頭怪石蹲秋鶚。俯人間、塵埃野馬，孤撐高攫。拄杖危亭扶未到，已覺雲生兩脚。更換却、朝來毛髮。此地千年曾物化，莫呼猿且自多招鶴。吾亦有，一丘壑。

注釋：

〔一〕鯈（音稠）魚：小白魚。《莊子・秋水篇》：『鯈魚出游從容，是魚之樂也。』

【鷓鴣天】有客慨然談功名，因追念少年時事，戲作。

壯歲旌旗擁萬夫，錦襜突騎渡江初。燕兵夜娖〔一〕銀胡䩮〔二〕，漢箭朝飛金僕姑〔三〕。追往事，嘆今吾，春風不染白髭鬚。却將萬字平戎策，換得東家種樹書〔四〕。

注釋：

〔一〕娖（音綽）：整理。
〔二〕胡簶（音録）：藏弓箭的器具，多用皮革製成。
〔三〕金僕姑：箭名。據《左傳》載，魯莊公曾用此箭射人。
〔四〕種樹書：秦始皇焚書，種樹之書不去。比喻歸隱。

詞評：
陳廷焯《白雨齋詞話》卷一：稼軒《鷓鴣天》云：『却將萬字平戎策，換得東家種樹書。』哀而壯，得毋有『烈士暮年』之慨耶？

【定風波】賦杜鵑花

百紫千紅過了春，杜鵑聲苦不堪聞。却解啼教春小住，風雨，空山招得海棠魂。恰似蜀宮當日女，無數，猩猩血染赭羅巾。畢竟花開誰作主，記取，大都花屬惜花人。

【粉蝶兒】和趙晋臣敷文賦落梅

昨日春如，十三女兒學繡。一枝枝、不教花瘦。甚無情，便下得、雨僝風僽。向園林鋪作、地衣紅縐。而今春似、輕薄蕩子難久。記前時、送春歸後。把春波都釀作、一江醇酎。約清愁、楊柳岸邊相候。

詞評：

卓人月《古今詞統》卷十一：雅淡宜人，絶非紅紫隊中物。

清・李佳《左庵詞話》卷下：用筆如龍跳虎卧，不可羈勒，才情横溢，海天鼓浪。

然以音律繩之，豈能細意熨帖？

【生查子】和趙晋臣敷文春雪

漫天春雪來，纔抵梅花半。最愛雪邊人，楚些裁成亂。　雪兒偏解飲，只要金杯滿。誰道雪天寒，翠袖闌干暖。

【水調歌頭】題趙晋臣敷文真得歸、方是閑二堂

十里深窈窕，萬瓦碧參差。青山屋上，流水屋下緑横溪。真得歸來笑語，方是閑中風月，剩費酒邊詩。點檢笙歌了，琴罷更圍棊。　王家

竹，陶家柳，謝家池〔一〕。知君勛業未了，不是枕流時。莫向癡兒説夢，且作山人索價，頗怪鶴書遲。一事定嗔我，已辦《北山移》。

注釋：

〔一〕王家竹，陶家柳，謝家池：王指王子猷，生性愛竹；陶即陶淵明，號五柳先生；謝謂謝靈運，有『池塘生春草』詩句。

【喜遷鶯】謝趙晋臣敷文賦芙蓉詞見壽，用韵爲謝。

暑風凉月，愛亭亭無數，緑衣持節。掩冉如羞，參差似妒，擁出芙蓉花發。步襯潘娘〔一〕堪恨，貌比六郎〔二〕誰潔？添白鷺，晚晴時公子，佳人并列。　休説，搴木末〔三〕，當日靈均〔四〕，恨與君王別。心阻媒勞，交疏怨極，恩不甚兮輕絶。千古《離騷》文字，芳至今猶未歇。都休問，但千杯快飲，露荷翻葉。

注釋：

〔一〕步襯潘娘：據《南史》載，齊東昏侯嘗鑿金爲蓮花，以帖地，令所寵潘妃行其上，謂爲『步步生蓮花』。

〔二〕六郎：武則天的寵臣張昌宗，貌美似蓮花，人呼爲六郎。

〔三〕搴（音謙）：拔取。木末：樹梢。

〔四〕靈均：屈原字。《離騷》：『名余曰正則兮，字余曰靈均。』

【西江月】 和趙晋臣敷文賦秋水瀑泉

八萬四千偈後，更誰妙語披襟。紉蘭結佩有同心，喚取詩翁來飲。　鏤玉裁冰著句，高山流水知音。胸中不受一塵侵，却怕靈均獨醒。

【滿江紅】 呈趙晋臣敷文

老子平生，元自有、金盤華屋。還又要、萬間寒士，眼前突兀。一舸歸來輕似葉，兩翁相對清如鵠。道如今、吾亦愛吾廬，多松菊。　人道是，荒年穀；還又似，豐年玉〔一〕。甚等閑却爲，鱸魚歸速。野鶴溪邊留杖屨，行人墻外聽絲竹。問近來風月幾篇詩，三千軸。

注釋：

〔二〕荒年穀、豐年玉：二者均難得，比喻有用的人才。《世説新語·賞譽》：『世稱庾文康爲豐年玉，穉恭爲荒年穀。』

【鷓鴣天】再賦

濃紫深黄一畫圖，中間更有玉盤盂。先裁翡翠裝成蓋，更點胭脂染透酥。

香瀲灩，錦模糊，主人長得醉工夫。莫携弄玉欄邊去，羞得花枝一朵無。

【洞仙歌】浮石山莊，余友月湖道人何同叔之别墅也。山類羅浮〔一〕，故以名。同叔嘗作《游山次序榜》示余，且索詞，爲賦《洞仙歌》以遺之。同叔頃游羅浮，遇一老人，龐眉幅巾，語同叔云：『當有晚年之契。』蓋仙云。

松關桂嶺，望青葱無路。費盡銀鈎榜佳處。悵空山歲晚，窈窕誰來？須著我，醉卧石樓風雨。　仙人瓊海上，握手當年，笑許君携半山去。劖〔二〕叠嶂，卷飛泉，洞府凄凉。又却怪、先生多取。怕夜半羅浮有時還，好長把雲烟，再三遮住。

注釋：

〔一〕羅浮：道教名山，位列道教十大洞天之第七洞天。在廣東惠州。

〔二〕劖（音纏）：鑿，鏟。

【賀新郎】邑中園亭，僕皆爲賦此詞。一日，獨坐停雲，水聲山色，競來相娱，意溪山欲援例者，遂作數語，庶幾仿佛淵明思親友之意云。

甚矣吾衰矣。悵平生、交游零落，只今餘幾。白髮空垂三千丈，一笑人間萬事。問何物能令公喜？我見青山多嫵媚，料青山見我應如是。情與貌，略相似。

一尊搔首東窗裏。想淵明《停雲》詩就，此時風味。江左沉酣求名者，豈識濁醪妙理。回首叫、雲飛風起。不恨古人吾不見，恨古人不見吾狂耳。知我者，二三子。

詞評：

宋·岳珂《桯史》卷三：豪視一世，獨首尾兩腔，警語差相似。

卓人月《古今詞統》卷十六：此詞稼軒自擬彭澤詩意。然彭澤一爵酣如，二爵闇闇，如此則『坎坎鼓我，蹲蹲舞我』矣。

【永遇樂】賦梅雪

怪底寒梅，一枝雪裏，直恁愁絕。問訊無言，依稀似妒，天上飛英白。江山一夜，瓊瑤萬頃，此段如何妒得。細看來風流添得，自家越樣標格。

晚來樓上，對花臨鏡，學作半妝宮額。着意爭妍，那知却有、人妒花顏色。無情休問，許多般事，且自訪梅踏雪。待行過、溪橋夜半，更邀素月。

【賀新郎】别茂嘉十二弟。鵜鴂、杜鵑實兩種，見《離騷補注》。

綠樹聽鵜鴂〔一〕。更那堪、鷓鴣聲住，杜鵑聲切。啼到春歸無尋處，苦恨芳菲都歇。算未抵、人間離别。馬上琵琶關塞黑，更長門翠輦辭金闕。看燕燕〔二〕，送歸妾。將軍〔三〕百戰身名裂。向河梁、回頭萬里，故人長絶。易水蕭蕭西風冷，滿座衣冠似雪。正壯士悲歌未徹。啼鳥還知如許恨，料不啼清淚長啼血。誰共我，醉明月？

注釋：

〔一〕鵜鴂（音提决）：鳥名，或以爲即杜鵑。宋洪興祖《離騷補注》則謂鵜鴂、杜鵑實爲二鳥。常於春分鳴，啼聲悲切。《離騷》：『恐鵜鴂之先鳴兮，使夫百草爲之不芳。』

〔二〕燕燕：《詩經·燕燕》：『燕燕于飛，差池其羽，之子于歸，遠送于野。』《毛傳》：『衛莊姜送歸妾也。』爲詩中所言人間離别事之一。

〔三〕將軍：指漢將李陵，數與匈奴戰而終降，故謂『身名裂』。

詞評：

沈雄《古今詞話》：稼軒《賀新郎》『緑樹聽鵜鴂』一首，盡集許多怨事，全與太白擬《恨賦》相似。

陳廷焯《白雨齋詞話》卷一：稼軒詞自以《賀新郎·别茂嘉十二弟》一篇爲冠，沉鬱蒼凉，跳躍動蕩，古今無此筆力。

王國維《人間詞話》：章法絶妙，且語語有境界，此能品而幾於神者。然非有意爲之，故後人不能學也。

【永遇樂】戲賦辛字，送茂嘉十二弟赴調。

烈日秋霜，忠肝義膽，千載家譜。得姓何年，細參辛字，一笑君聽取：艱辛做就，悲辛滋味，總是辛酸辛苦。更十分向人辛辣，椒桂搗殘堪吐。　世間應有，芳甘濃美，不到吾家門户。比着兒曹，累累却有，金印光垂組。付君此事，從今直上，休憶對床風雨。但贏得靴紋縐面，記余戲語。

【西江月】示兒曹，以家事付之。

萬事雲烟忽過，百年蒲柳先衰。而今何事最相宜，宜醉宜游宜睡。　早趁催科了納，更量出入收支。乃翁依舊管些兒，管竹管山管水。

詞評：

卓人月《古今詞統》卷六：幼安寧宗朝擁節鉞，奉身勇退，悉以家事付兒曹。此詞意極超脱，其人可想見矣。

【醜奴兒】和鉛山陳簿韻二首

鵝湖山下長亭路，明月臨關。明月臨關，幾陣西風落葉乾。新詞誰解裁冰雪，筆墨生寒。筆墨生寒，會説離愁千萬般。

其二

年年索盡梅花笑，疏影黄昏。疏影黄昏，香滿東風月一痕。清詩冷落無人寄，雪艷冰魂。雪艷冰魂，浮玉溪頭烟樹村。

【鷓鴣天】石門道中

山上飛泉萬斛珠，懸崖千丈落鼪鼯〔一〕。已通樵徑行還礙，似有人聲聽却無。　閑略彴〔二〕，遠浮屠，溪南修竹有茅廬。莫嫌杖屨頻來往，此地偏宜着老夫。

注釋：

〔一〕鼪（音生）：即黄鼠狼。鼯（音吾）：鼠的一種，俗稱飛鼠。

〔二〕彴（音卓）：獨木橋。

【浣溪沙】常山道中即事

北隴田高踏水頻，西溪禾早已嘗新，隔墻沽酒煮纖鱗。　忽有微涼何處雨，更無留影霎時雲，賣瓜人過竹邊村。

詞評：

俞陛雲《唐五代兩宋詞選釋》：咏鄉村景物，瀟灑出塵。稼軒於榮利之場，能奉身勇退，其高潔本於天性，故其寫野趣彌真也。

【漢宮春】會稽蓬萊閣觀雨

秦望山〔一〕頭，看亂雲急雨，倒立江湖。不知雲者爲雨，雨者雲乎。長空萬里，被西風變滅須臾。回首聽月明天籟，人間萬竅號呼。誰向若耶溪〔二〕上，倩美人西去，麋鹿姑蘇。至今故國人望，一舸歸歟。歲云暮矣，問何不鼓瑟吹竽。君不見、王亭謝館，冷烟寒樹啼烏。

注釋：

〔一〕秦望山：在會稽東南四十里。『秦始皇登之以望東海。』（《史記》）

〔二〕若耶溪：在會稽南二十五里，爲西子浣紗之所。

詞評：

俞陛雲《唐五代兩宋詞選釋》：前半寫景，後半書感，皆極飛動之致。寫風雨數語，有雲垂海立氣概。下闋概嘆西子，徒召吴宫，而美人不返，悲吴宫兼惜美人，此意頗新警。後更言王亭謝館同付消沉，寧獨五湖人遠！感嘆成深。蓬萊閣爲越中勝地，秦少游、周草窗皆賦詩詞。此作高唱入雲，當以銅琶鐵板和之。

【漢宫春】 會稽秋風亭懷古

亭上秋風，記去年裊裊，曾到吾廬。山河舉目雖异，風景非殊。功成者去，覺團扇便與人疏。吹不斷、斜陽依舊，茫茫禹迹都無。千古茂陵詞在，甚風流章句，解擬相如。只今木落江冷，眇眇愁余。故人書報，莫因循忘却蒓鱸。誰念我、新凉燈火，一編《太史公書》。

詞評：

卓人月《古今詞統》卷十二：讀此結句，知幼安之門高於漢史之龍門；讀後結句，知幼安之户冷於晋賢之鳳户。

陳廷焯《雲韶集》卷五：高絶，超絶。既沉着，又風流；既婉轉，又直捷。句意深長，尤爲千古杰作。迹似淵明，志如子美。

【滿江紅】

紫陌飛塵，望十里雕鞍繡轂。春未老、已驚臺榭，瘦紅肥緑。睡雨海棠猶倚醉，舞風楊柳難成曲。問流鶯能説故園無，曾相熟。岩泉上，飛凫浴；巢林下，栖禽宿。恨荼蘼開晚，謾翻紅玉。蓮社豈堪談昨夢，蘭亭何處尋遺墨？但羈懷空自倚秋千，無心蹴。

【生查子】題京口郡治塵表亭

悠悠萬世功，矻矻〔一〕當年苦。魚自入深淵，人自居平土。紅日又西沉，白浪長東去。不是望金山，我自思量禹。

注釋：

〔一〕矻矻（音枯）：辛勤，辛勞。

詞評：

顧隨《稼軒詞說》：稼軒有用世之心，故登京口郡治之塵表亭，見西沉紅日之冉冉，東去白浪之滔滔，遂不禁發思古之幽情。嘆禹乎？自傷也。

【南鄉子】登京口北固亭有懷

何處望神州？滿眼風光北固樓。千古興亡多少事？悠悠！不盡長江滾滾流。年少萬兜鍪，坐斷東南戰未休。天下英雄誰敵手？曹劉！生子當如孫仲謀。

詞評：

陳廷焯《雲韶集》卷五：魄力之大，虎視千古。

陳廷焯《詞則·放歌集》卷一：信手拈來，自然合拍。

【瑞鷓鴣】京口病中起登連滄觀偶成

聲名少日畏人知，老去行藏與願違。山草舊曾呼遠志，故人今又寄當歸。何人可覓安心法，有客來觀杜德機〔一〕。却笑使君那得似，清江萬頃白鷗飛。

注釋：

〔一〕杜德機：謂閉塞生機。語出《莊子·應帝王》：『是殆見吾杜德機也。』成玄英疏：『杜，塞也；機，動也。至德之機，開而不發。』

詞評：

清·顧炎武《日知録》卷十三：辛幼安詞：『山草舊曾呼遠志，故人今又寄當歸。』此非用姜伯約事也。……幼安久宦南朝，未得大用，晚年多有淪落之感，亦廉頗思用趙人之意耳。觀其與陳同甫酒後之言，不可知其心事哉！

【瑞鷓鴣】

膠膠擾擾幾時休，一出山來不自由。秋水觀中山月夜，停雲堂下菊花秋。　隨緣道理應須會，過分功名莫强求。先自一聲愁不了，那堪愁上更添愁。

【永遇樂】京口北固亭懷古

千古江山，英雄無覓、孫仲謀處。舞榭歌臺，風流總被、雨打風吹去。斜陽草樹，尋常巷陌，人道寄奴〔一〕曾住。想當年、金戈鐵馬，氣吞萬里如虎。

元嘉草草，封狼居胥〔二〕，贏得倉皇北顧。四十三年，望中猶記，烽火揚州路。可堪回首，佛狸祠〔三〕下，一片神鴉社鼓。憑誰問、廉頗老矣，尚能飯否？

注釋：

〔一〕寄奴：宋武帝劉裕小字寄奴。劉氏世居京口，劉裕於此起事，北伐中原，終成霸業。

〔二〕封狼居胥：漢將霍去病追擊匈奴，至狼居胥封山而還。封：築臺祭天。

〔三〕佛狸祠：北魏太武帝拓跋燾小字佛狸。宋文帝元嘉中，他追擊宋軍至江北瓜步山（在今江蘇六合）。後於此建佛狸祠。

詞評：

楊慎《詞品》：辛詞當以京口北固亭懷古『永遇樂』爲第一。

清·田同之《西圃詞説》：今人論詞，動稱辛、柳，不知稼軒詞以『佛狸祠下，一片神鴉社鼓』爲最，過此則頹然放矣；耆卿詞以『關河冷落，殘照當樓』與『楊柳岸、曉風殘月』爲佳，非是則淫以褻矣。此不可不辨。

陳廷焯《白雨齋詞話》：句句有金石聲音，吾怖其神力。

【玉樓春】乙丑京口奉祠西歸，將至仙人磯。

江頭一帶斜陽樹，總是六朝人住處。悠悠興廢不關心，惟有沙洲雙白鷺。仙人磯下多風雨，好卸征帆留不住。直須抖擻盡塵埃，却趁新涼秋水去。

【臨江仙】

老去渾身無着處，天教只住山林。百年光景百年心。更歡須嘆息，無病也呻吟。試向浮瓜沈李〔二〕處，清風散髮披襟。莫嫌淺後更頻斟。要他詩句好，須是酒杯深。

注釋：

〔一〕浮瓜沈李：謂消夏樂事。曹丕《與朝歌令吴質書》：『浮甘瓜於清泉，沈朱李於寒水。』

【西江月】

堂上謀臣帷幄，邊頭猛將干戈。天時地利與人和，燕可伐與曰可。　此日樓臺鼎鼐，他時劍履山河。都人齊和《大風歌》，管領群臣來賀。

【踏莎行】春日有感

萱草齊階，芭蕉弄葉，亂紅點點團香蝶。過墻一陣海棠風，隔簾幾處梨花雪。愁滿芳心，酒嘲紅頰，年年此際傷離別。不妨橫管小樓中，夜闌吹斷千山月。

【水調歌頭】和馬叔度游月波樓

客子久不到，好景爲君留。西樓着意吟賞，何必問更籌。喚起一天明月，照我滿懷冰雪，浩蕩百川流。鯨飲未呑海，劍氣已橫秋。野光浮，天宇迥，物華幽。中州遺恨，不知今夜幾人愁。誰念英雄老矣。不道功名蕞爾〔二〕，决策尚悠悠。此事費分説，來日且扶頭。

注釋：

〔二〕蕞（音最）爾：渺小的樣子。

【霜天曉角】赤壁

雪堂遷客〔一〕，不得文章力。賦寫曹劉興廢，千古事，泯陳迹。望中磯岸赤，直下江濤白。半夜一聲長嘯，悲天地，爲予窄。

注釋：

〔一〕雪堂遷客：指蘇軾因『烏臺詩案』被貶黃州。雪堂爲其於黃州所築室名。

【滿江紅】

老子當年，飽經慣、花期酒約。行樂處、輕裘緩帶，繡鞍金絡。明月樓臺簫鼓夜，梨花院落秋千索。共何人對飲五三鍾，顏如玉。　嗟往事，空蕭索；懷新恨，又飄泊。但年來何待，許多幽獨。海水連天凝遠望，山風吹雨征衫薄。向此際羸馬獨駸駸，情懷惡。

附録：歷代名家評稼軒詞

宋·范開《稼軒詞序》：公一世之豪，以氣節自負，以功業自許，方將斂藏其用以事清曠，果何意於歌詞哉？直陶寫之具耳。故其詞之爲體，如張樂洞庭之野，無首無尾，不主故常；又如春雲浮空，卷舒起滅，隨所變態，無非可觀。無他，意不在於作詞，而其氣之所充，蓄之所發，詞自不能不爾也。其間固有清而麗、婉而嫵媚，此又坡詞之所無，而公詞之所獨也。

宋·劉克莊《後村大全集》卷九十八《辛稼軒集序》：辛公文墨議論尤英偉磊落，乾道、紹熙奏篇及所進《美芹十論》、上虞雍公《九議》，筆勢浩蕩，智略輻輳，有權書衡論之風。……世之知公者，誦其詩詞，而以前輩謂有井水處皆倡柳詞，余謂耆卿直留連光景歌咏太平爾。公所作大聲鞺鞳，小聲鏗鍧，横絶六合，掃空萬古，自有蒼生以來所無。其穠纖綿密者亦不在小晏、秦郎之下。

宋·陳模《懷古録》卷中：近時作詞者只説周美成、姜堯章等，而以稼軒詞爲豪邁，非詞家本色。潘紫岩牥云：『東坡爲詞詩，稼軒爲詞論。』此説固當。蓋曲者曲也，固當以委曲爲體；然徒狃于風情婉孌，則亦不足以啓人意。回視稼軒所作，豈非萬古一清風也哉？

宋·劉辰翁《須溪集》卷六《辛稼軒詞序》：詞至東坡，傾蕩磊落，如詩如文，如天地奇觀，豈與群兒雌聲學語較工拙；然猶未至用經用史，牽《雅》《頌》入《鄭》《衛》也。自辛稼軒前，用一語如此者，必且掩口。及稼軒横豎爛熳，乃如禪宗棒喝，頭頭皆是。又如悲笳萬鼓，平生不平事并卮酒，但覺賓主酣暢，談不暇顧。詞至此亦足矣。

明·李濂《批點稼軒長短句序》：稼軒有逸才，長于填詞，平生與朱晦庵、陳同父、洪景盧、劉改之輩相友善。晦庵《答稼軒啓》有曰：『經綸事業，股肱王室之心；游戲文章，膾炙士林之口。』劉改之氣雄一世，其寄稼軒詞有曰：『古豈無人，可以似吾稼軒者誰？』後百餘年，邯鄲張埜過其墓，而以詞酹之曰：『嶺頭一片青山，可能埋得凌雲氣？』又曰：『謾人間留得，《陽春白雪》，千載下，無人繼。』觀同時之所推獎，异代之所追慕，則稼軒人品之豪，詞調之美，概可見已。

明·毛晋《稼軒詞跋》：稼軒晚年卜築奇獅，專工長短句，累五百首有奇。但詞家争鬥秾纖，而稼軒率多撫時感事之作，磊落英多，絶不作妮子態。宋人以東坡爲詞詩，稼軒爲詞論，善評也。

明·譚元春《辛稼軒長短句序》：余廬居多暇，常携《稼軒長短句》，散步於荒墟平疇間，不哭而歌，壹似乎違禮者。然一人其中，形神栖泊，所謂聞犬聲，望烟火，便知息身之有地耳。稼軒與晦庵、同父常以詞相和，二公猶存寬衣博帶氣，不如稼軒一片烟月自肺肝中結出也。方諸古人，其淵明之詩，雲林之畫，懷師之書，梅亭之四六，致遠、漢卿之曲乎？

明·潘游龍《古今詩餘醉》卷十一：詞至辛稼軒一變，其源實自蘇長公，至劉改之諸公而極。撫時之作，意存感慨，然穠情致語，幾於盡矣。

明·卓人月《古今詞統》：之乎者也，出稼軒口，便有聲有色，不許村學究效顰。

《古今詞統》卷十五：倚韵和歌，辛詞最盛，無不天然輻輳，有水到渠成之趣。

清·先著《詞潔輯評》卷一：南渡以後名家，長詞雖極意雕鐫，小調不能不斂手，以其工出意外，無可着力也。稼軒本色自見，亦足賞心。

《詞潔輯評》卷六：稼軒詞於宋人中自辟門户，要不可少。有絶佳者，不得以粗、豪二字蔽之。如此種創見，以爲新奇，流傳遂成惡習，存一以概其餘。世以蘇、辛并稱，辛非蘇類，稼軒之次則後村、龍洲，是其偏裨也。

清·鄒祇謨《遠志齋詞衷》：稼軒雄深雅健，自是本色，俱從《南華》《衝虚》得來。然作詞之多，亦無如稼軒者。中調短令，亦間作嫵媚語。觀其得意處，真有壓倒古人之意。

清·彭孫遹《金粟詞話》：稼軒之詞，胸有萬卷，筆無點塵，激昂措宕，不可一世。今人未有稼軒一字，輒紛紛有异同之論，宋玉罪人，可勝三嘆。

清·王士禛《花草蒙拾》：張南湖論詞派有二：一曰婉約，一曰豪放。僕謂婉約以易安爲宗，豪放惟幼安稱首，皆吾濟南人，難乎爲繼矣。

又：石勒云：『大丈夫磊磊落落，終不學曹孟德、司馬仲達狐媚。』讀稼軒詞，當作如是觀。

清·徐釚《詞苑叢談》：辛稼軒當弱宋末造，負管、樂之才，不能盡展其用，一腔忠憤，無處發泄。觀其與陳同甫抵掌談論，是何等人物。故其悲歌慷慨，抑鬱無聊之氣，一寄之於詞。今乃欲與搔頭傅粉者比，是豈知稼軒者？

清·李調元《雨村詞話》卷三：辛稼軒詞肝膽激烈，有奇氣。腹有詩書，足以運之。故喜用四書成語，如自己出，如『今日既盟之後』『賢哉回也』『先覺者賢乎』等句，爲詞家另一派。

《四庫全書總目提要》集部詞曲類《稼軒詞提要》：其詞慷慨縱横，有不可一世之概，於倚聲家爲變調，而异軍特起，能於翦紅刻翠之外，屹然别立一宗，迄今不廢。觀其才氣俊邁，雖似乎奮筆而成，然岳珂《桯史》記弃疾自誦《賀新凉》《永遇樂》二詞，使座客指摘其失。珂謂《賀新凉》詞首尾二腔語句相似，《永遇樂》詞用事太多，弃疾乃自改其語，日數十易，累月猶未竟，其刻意如此云云。則未始不由苦思得之矣。

清·周濟《介存齋論詞雜著》：稼軒不平之鳴，隨處輒發，有英雄語，無學問語，故往往鋒穎太露。然其才情富艷，思力果鋭，南北兩朝，實無其匹，無怪流傳之廣且久也。世以蘇、辛并稱，蘇之自在處，辛偶能到；辛之當行處，蘇必不能到。二公之詞，不可同日語也。後人以粗豪學稼軒，非徒無其才，并無其情。稼軒固是才大，然情至處，後人萬不能及。

清·馮煦《宋六十家詞選例言》：稼軒負高世之才，不可羈勒，能於唐、宋諸大家外，别樹一幟。自兹以降，詞家遂有門户主奴之見。而才氣横軼者，群樂其豪縱而效之。乃至里俗浮囂之子，亦靡不推波助瀾，自托辛、劉，以屏蔽其陋。則非稼軒之咎，而不善學者之咎也。

清·陳廷焯《白雨齋詞話》卷一：稼軒《水調歌頭》諸闋，直是飛行絶迹，一種怨憤慷慨鬱結於中，雖未能痕迹消融，却無害其爲渾雅，後人未易摹仿。

清·陳廷焯《詞則·放歌集》卷一：感激豪宕，蘇、辛并峙千古。然忠愛惻怛，蘇勝於辛；而淋灕怨壯，頓挫盤鬱，則稼軒獨步千古矣。

又：稼軒詞魄力雄大，如驚雷怒濤，駭人耳目，天地巨觀也。後惟迦陵有此筆力，而鬱處不及。

陳廷焯《雲韶集》卷一：蘇、辛千古并稱。然東坡豪宕則有之，但多不合拍處。稼軒則於縱横馳騁中，而部伍極其整嚴，尤出東坡之上。

清・況周頤《蕙風詞話》：東坡、稼軒，其秀在骨，其厚有神。初學看之，但得其粗率而已。其實二公不經意處，是真率，非粗率也。

清・梁啓勛《詞學》下編：兩宋三百二十年間，能超脱時流，飄然獨立者，得三人焉。在北宋則蘇東坡。……在北宋與南宋之間則有朱希真。……在南宋則有辛稼軒，即周止庵所謂『斂雄心，抗高調，變温婉，成悲凉』者是也。

王國維《人間詞話》：東坡之詞曠，稼軒之詞豪。無二人之胸襟而學其詞，猶東施之效捧心也。讀東坡、稼軒詞，須觀其雅量高致，有伯夷、柳下惠之風。

趙尊岳《填詞叢話》卷二：辛、劉并稱，實則辛高於劉。辛以真性情發清雄之思，足以喚起四座，别開境界，雖疏獷不掩其亂頭粗飾之美。學者徒作壯語以爲雄，而不能得一清字，則又襲其獷，似劉而不似辛矣。

俞陛雲《唐五代兩宋詞選釋》：稼軒詞使其豪邁之氣，蕩決無前，幾於嬉笑怒駡，皆可入詞。宋人評東坡之詞爲『以詩爲詞』，稼軒之詞爲『以論爲詞』，集中此類詞頗多。